COLLECTION FOLIO

Tahar Ben Jelloun

Lettre à Delacroix

Gallimard

Le texte *Lettre à Delacroix* a été précédemment publié
aux Éditions FMR en 2005.

Photos Archives Maurice Arama.
© *Éditions Gallimard, 2010, pour la présente édition.*

Tahar Ben Jelloun est né à Fès en 1944. Il s'installe à Paris dès 1971, publie ses poèmes chez Maspero et voit son premier roman, *Harrouda*, édité par Maurice Nadeau aux Éditions Denoël en 1973. Poète et romancier, auteur notamment de *L'enfant de sable* et de sa suite *La nuit sacrée*, qui a obtenu le prix Goncourt en 1987, Tahar Ben Jelloun collabore à plusieurs journaux européens : *Le Monde, La Repubblica, L'espresso* et *La Vanguardia*.

Je tiens à remercier mon ami Maurice Arama, qui m'a fait découvrir et aimer Delacroix au-delà de ce que je savais de cet artiste. Je le remercie aussi pour son aide précieuse quant à l'iconographie de cette édition.

Tahar Ben Jelloun

1ᵉʳ mars Tanger

Double page précédente :
Vue de Tanger.
Musée du Louvre, Paris.

Cher Eugène

Je vous écris de Tanger en cette fin d'automne.

C'est une saison qui vous a échappé. La ville semble dormir encore. Le ciel est d'une blancheur subtile et légère. C'est que la lumière se lève très tôt sur cette rive de la Méditerranée, enveloppant doucement les collines et les arbres. Une brume, probablement venue d'Espagne, essaie de la couvrir. L'Artiste a eu une insomnie cette nuit. Il dort et ne rêve même pas. Quand il se réveillera, la clarté du jour aura avalé tant de lumière qu'il regrettera d'avoir manqué les prémices d'une belle cérémonie. L'intensité de la lumière vous préoccupe. Elle est trop forte, trop brutale.

Je vous écris tout en étant intimidé. Le superbe texte que Charles Baudelaire vous a consacré me met dans une situation difficile. Parce que vous êtes «le plus suggestif de tous les peintres», je pense pouvoir vous faire revenir au Maroc par la magie du verbe.

Vos toiles s'ouvrent sur une immensité de sens, d'émotions et de rêves. C'est que le mystère est ancré en vous, naturellement. Vous ne le recherchez pas. Il est en vous et s'étale dans tout ce que vous créez. Ce mystère sera mon allié, mon guide et mon refuge. Il y aura toujours quelque chose d'invisible, de non réductible dans votre œuvre. Si, comme vous décrit Baudelaire, vous êtes un peintre-poète comme Chopin est un musicien-poète, votre relation avec le réel est basée sur l'infinie complexité des êtres et des choses.

La poésie vient de ce hasard à l'œuvre dans votre démarche de voyageur curieux de tout parce que se souvenant d'Aristote pour qui la vie est un perpétuel étonnement. Votre imagination court plus vite que les chevaux que vous admirez durant une fantasia. Elle anticipe, invente, corrige, puis rejoint comme dans un élan d'harmonie sublime le rêve que vous vivez, le rêve que vous rêvez. Seule la couleur ne rêve pas. Elle est là et vit dans nos regards, à travers le temps et les époques. Je vous écris tout en regardant *Halte de cavaliers arabes près de Tanger*. C'est devenu la jaquette d'un livre qui vous est consacré. J'observe la nature et ses teintes subtiles, les chevaux et leurs harnais, les deux cavaliers assis à même le sol.

Ce Maroc-là est vrai. Malgré le temps, il n'a pas changé. Ce Maroc-là est le pays ancestral, celui qui persévère dans son histoire et ouvre ses portes aux artistes qui sont habités par lui à leur insu.

J'ose prétendre que votre voyage au Maroc, surtout tout ce que vous avez noté, esquissé, dessiné, retenu dans votre mémoire, toutes les émotions que vous avez éprouvées, tous les sentiments par lesquels vous êtes passé, tous ces événements qui ont marqué votre vie et votre œuvre ne sont qu'une confirmation d'un Orient que vous portiez en vous et que vous vouliez rencontrer physiquement sans en être conscient. Comment est-ce possible ? Un peintre de votre noblesse a un esprit disponible, un esprit qui n'est traversé par aucun calcul. Parlerons-nous de destin ? Plutôt de hasard et de nécessité. En même temps, vous n'êtes pas dupe. Vous n'obéissez qu'à vos rêves, vous ne suivez que les chemins tracés par le songe, devant vous, en vous ou dans un espace qui vous donne l'hospitalité.

J'ai lu votre *Journal*. J'ai admiré votre franchise et la pertinence de vos remarques. Des notes brèves. Des détails relevés avec précision. On vous lit et on imagine vos dessins. Pour celui qui ne vous connaît pas du tout, il pourrait penser que vous êtes gouverné par des préjugés. Mais ce n'est pas vrai.

Des termes utilisés ont pu sembler violents. Mais ils sont soutenus par une réalité justement traversée de violence. Vous l'avez tout de suite remarqué et vous l'avez noté tout en vous extasiant de l'aubaine qui se présentait à vous. La vie afflue de partout avec abondance et diversité. Je pourrais dire à propos de vos textes ce que vous dites sur l'écriture (une remarque que vous a inspirée le *Journal* de Mérimée) : «Je suis tenté de dire qu'un écrit vraiment écrit, et surtout déduit et pensé, ne comporte pas même d'ali-néas. Si les pensées sont conséquentes, si le style s'enchaîne, il ne comporte point de repos jusqu'à ce que la pensée qui fait le fond du sujet soit complètement développée.»

Vous avez débarqué «au milieu du peuple le plus étrange» et vous ne savez où donner de la tête. Le temps vous a semblé étroit, insuffisant pour tout voir, tout sentir, tout comprendre. Vous avez été étourdi par l'air, le ciel, les pierres, les êtres. Sur vos yeux, longtemps un voile avait été posé, une sorte de retenue dans le regard, une habitude que rien ne venait déranger. Et pourtant Montaigne nous a prévenus : «La plus grande chose du monde, c'est de savoir être à soi.» Ce fut en sortant de vos habitudes, en suivant votre instinct de curiosité, en voyageant, que vous vous êtes rendu à vous-même, et vous nous avez donné le meilleur de votre œuvre. Pour l'historien maghrébin Ibn Khaldoun (XIVe siècle), «la perfection de l'âme» vient de la rencontre avec les autres, ceux qui ne sont pas de ma culture ou de ma religion, ceux qui pensent et vivent autrement que moi.

Je vous imagine en ce début d'année 1832, jeune homme élégant et réservé, quitter votre atelier de la rue des Fossés-Saint-Germain, laissant derrière vous une lumière retenue, empêchée par un ciel gris et bas d'éclater, une lumière brève et faible à laquelle les Parisiens finissent par s'habituer. Vous sortez de ce quartier et vous vous trouvez, quelques jours après, inondé par une lumière si vive, si pleine et même brutale que vous subissez un choc. Il n'y a pas que cette clarté envahissante, il y a la nature, les couleurs et les parfums

Portrait de Delacroix en buste, coiffé d'une casquette.
Musée du Louvre, Paris.

de l'herbe, des arbres, des fleurs, de la mer. Vous êtes à la fois en Méditerranée et face à l'océan Atlantique. Le ciel est haut. L'azur passe par plusieurs bleus. L'horizon est net, la population est vivante, je veux dire tumultueuse, gaie, différente de celle de votre pays. Vous êtes ailleurs, vous avez franchi la frontière de l'imaginaire. Tout cela vous étonne et va vous habiter. Ce qui se révèle à vous, ce n'est pas uniquement un pays étranger à votre culture, c'est un monde neuf et en même temps proche de ce que vous aimez dans l'Antiquité. Vous avez tout de suite écrit, noté, dessiné ce que vous voyez. Vous avez eu la prudence et l'intelligence de ne pas poser votre chevalet dans la rue, à la campagne, face à des paysans qui n'ont jamais vu de leur vie un peintre. Vous avez pris des notes et ce qui est remarquable, c'est que la pudeur vous a imposé une grande rapidité. Rien ne devait vous échapper, pas seulement les détails de ce que vous peindrez plus tard, mais aussi l'état d'esprit, l'état d'âme de ce peuple que vous découvrez.

Qu'a-t-il de si étrange, ce peuple de Tanger? Son naturel, sa disponibilité pour la vie et pour la nonchalance, pour le plaisir et le rire, pour la gratuité du geste et la douceur qu'il retire de la pauvreté qu'il porte avec dignité, sa violence aussi, jamais sans raison. C'est probablement son attachement à l'islam et à la spiritualité qui lui donne l'humilité et l'élégance que vous avez constatées. Impressions premières, début de vérité.

Carnet.
Musée du Louvre, Paris.

la rue en montant les *bou...*
blanes sur la *mort*

l'homme de
Sumthe

Encore faut-il lui parler, l'écouter, être avec lui, au café, au marché ou sur le chemin de la montagne. Il est aussi «sauvage» sans être barbare, c'est-à-dire enraciné dans la terre et l'histoire. Illettré mais pas sans culture, connaissant par cœur le Coran, mais parfois ne sachant pas lire ni écrire. Cet état se maintiendra du temps du protectorat et même au-delà.

Un «peuple à part», dites-vous. Certes, mais il est doué pour la simplicité. Il vit au gré du temps et des saisons, suivant les fêtes religieuses, avec un rituel où l'éternel retour des choses lui semble si évident, où il lui plaît d'innover en interprétant avec liberté certaines règles et lois de la religion. Le «peuple de Tanger» est toujours là, un œil sur la mer, l'autre sur la rumeur. Il a connu beaucoup de métissages, des apports d'un peu partout du Maroc et aussi du sud de l'Espagne. Comme toutes les villes portuaires, Tanger est largement ouverte sur le vent, sur le sable, sur les paroles et chants qui riment avec l'attente.

Des gens viennent du Sahara pour regarder l'Europe en face. Ils attendent quelqu'un ou bien un signe du destin. Dieu semble les ignorer. Ils observent les côtes espagnoles et nourrissent leurs rêves obsédants de traversée. Enjamber la mer en un seul geste et se retrouver ailleurs, là où le poids de la vie paraît moins lourd.

Je vous parle parce que ce «peuple de Tanger» est composé d'ombres et de silhouettes frêles qui attendent la nuit et l'heure de s'embarquer sur un rafiot de fortune, un radeau du désespoir. La foule est traversée d'inquiétude et de violence. On en parle dans les cafés. On compte les disparus comme une fatalité marquée par l'absence de miséricorde.

Ici, le climat du ciel est fidèle à ses humeurs. Ses pluies sont bonnes et ponctuelles, parfois elles tardent à venir mais des prières dans les mosquées et les rues parviennent à les précipiter. Ce sont les fruits que les paysannes d'el Fahs apportent sur le marché du Grand Socco, les jeudi et dimanche, annonçant ainsi le glissement du printemps vers l'été. Comme vous l'avez vite remarqué, ce sont des gens qui ont fait de la modestie une qualité de vie, qui sont humbles parce que nourris par la foi. Ils savent que la gloire n'appartient qu'à Dieu et que ceux qui tombent dans la vanité sont perdus. Ce sont des gens de la terre, des campagnes et des montagnes. Ils viennent en ville comme des étrangers de passage, se méfient de ses bruits et de ses éclats. À l'approche de la nuit, ils repartent vers leurs lieux retrouver le bétail et les enfants qui le surveillent. Le Maroc que vous découvrez est en grande partie rural. Les villes sont rares et peu peuplées. Les plus connues ont été des capitales de la dynastie alaouite. On les appelle des villes impériales. C'est assez pompeux, mais les murailles et les palais de ces cités sont impressionnants. C'est peut-être votre ami, le comte Charles de Mornay, qui a évoqué devant vous l'empire du Maroc, l'empereur Moulay Abd er-Rahman et d'autres clichés grandiloquents.

Le Maroc n'a jamais été un « empire », juste une nation qui a résisté à l'Empire ottoman, ce qui ne fut pas le cas pour ses voisins, l'Algérie et la Tunisie, un pays enraciné dans son histoire et qui a adopté l'islam avec modération. Les premiers habitants de ce pays sont des Berbères, des gens qui ne parlent pas l'arabe mais qui ont ouvert leur cœur à la religion apportée par les Arabes. Les rois aiment les palais comme ils craignent d'être envahis. Alors ils font construire des murailles hautes et imposantes.

La séparation entre les citadins et les ruraux est stricte. Chacun son lieu. Chacun sa vie.

Quand vous êtes arrivé à Tanger, en ce matin du 24 janvier 1832, personne ne pouvait imaginer que ce peuple et ce pays que vous alliez découvrir vous donneraient tant sans même le savoir, sans le préméditer, sans rien vous demander en retour. Il lui a suffi d'être là, d'être lui-même, sans se poser de questions sur ce chrétien qui le regarde et qui le dessine. Vous-même, vous ne soupçonniez pas combien votre art allait être bouleversé. Vous avez fait part de votre étonnement, de vos émotions et de vos interrogations. Mais vous étiez loin de réaliser qu'en ce pays, «à chaque pas, il y a des tableaux tout faits qui feraient la fortune et la gloire de vingt générations de peintres».

Vous avez écrit à votre ami Pierret une lettre où vous lui confiez combien vos sens sont sollicités partout où vous posez le pied. Tout le pays vient à vous pour que vous le remettiez sur la toile, pour en saisir l'étrange et le familier, l'apparent et l'invisible, la surface des choses et

Carnet.
Musée du Louvre, Paris.

fontaine avant d'arriver à la grande place

grande maison à gauche sur la grande place

plan

l'âme des personnes, l'étonnant et le sublime, l'ironie et la folie. Vous évoquiez justement ce « sublime vivant et frappant qui court dans les rues et qui vous assassine de sa réalité ». Comment cela se passe ? Que fait l'artiste quand il est violenté, bousculé, pris à partie par la réalité ? On sait qu'il ne peut lui échapper. Il a beau détourner le regard, il a beau penser à autre chose, le réel l'envahit et le secoue, ne le lâche plus jusqu'à ce qu'il le traite par la peinture, jusqu'à ce qu'il soit, dans sa mémoire, réinventé, vivant et éternel. L'assassinat dont vous parlez a quelque chose de pudique : il ne verse pas de sang, il vous étourdit et bouleverse vos sens, vous sort de votre réserve et vous pousse à vous mesurer avec le réel le plus inattendu, le plus étrange aussi. Est-ce à dire que la réalité de votre pays vous sollicitait moins, vous plongeait dans un calme où plus rien ne vous étonnait ? Sans étonnement point de vie, point de création. Et pourtant, votre œuvre n'a pas commencé avec ce voyage. Nombre de gens ne vous connaissent que par *La Liberté guidant le peuple* (1830). Cette toile épique a été reproduite sur un billet de banque en France. Vous êtes arrivé au Maroc pour connaître ce que votre sensibilité allait peut-être oublier. Il fallait ce déplacement, ce dépaysement brutal, non prémédité, cet écart, cette violence faite à vos habitudes, à votre rythme, pour rencontrer une source d'inspiration d'une richesse inouïe. Et vous n'en saviez rien.

Dans sa préface aux *Orientales* (1828), Victor Hugo reconnaissait que « les couleurs orientales sont venues comme d'elles-mêmes empreindre toutes ses pensées, toutes ses rêveries ; et ses rêveries et ses pensées se sont trouvées tour à tour, et presque sans l'avoir voulu, hébraïques, turques, grecques, persanes, arabes, espagnoles même, car l'Espagne, c'est encore l'Orient ; l'Espagne est à demi africaine, l'Afrique est à demi asiatique ».

Cette remarque de Victor Hugo est essentielle, car elle situe l'Orient là où on n'avait pas l'habitude de le voir. Le fait de parler de l'Andalousie, et même du nord de l'Afrique (sans les nommer), ouvre les portes au mouvement orientaliste. Le Maghreb n'est ni la Turquie ni l'Égypte. Il est l'Occident de ce lointain. Le nom du Maroc veut dire « couchant », l'ouest, l'occident géographique. Vous savez que l'Orient, qu'il se situe en Asie ou au Maghreb, qu'il soit proche ou lointain, est un malentendu, un mirage pour les uns, une promesse qui apaise un imaginaire excité pour les autres. L'Orient existe puisque de grands artistes l'ont inventé et même transfiguré. Dès qu'on quitte le pays natal, on est en Orient, pourrait-on dire. Je sais que ce n'est pas votre cas, puisque vous n'aviez rien prémédité avant votre voyage et que votre souci principal a été d'aller voir ailleurs la lumière et les couleurs.

L'Orient est une idée, une façon d'être au monde, de vivre et de célébrer les morts, de croire au ciel généreux et aux arbres, une manie d'introduire un peu de folie et de magie dans la vie quotidienne, une habitude de déposer de la couleur sur les couleurs du climat, sur les hanches des dunes, sur la chevelure de la mer et dans les yeux des enfants turbulents. Pour vous, l'Orient est un rêve qui grandit dans le souvenir d'enfance et qui poursuit le poète qui trouve «amère la Beauté», mais invente la couleur des voyelles avant de s'en aller vers le désert, «les vergers brûlés», s'offrant au soleil, «dieu de feu».

Vous, vous ne réclamiez pas de désert, juste l'Afrique. Vous êtes arrivé au Maroc et la lumière de ce pays a agi sur votre âme. Vous aviez besoin de sortir de France, votre âme avait besoin de s'aérer, de s'ouvrir à une influence particulière du soleil et de se mêler à un peuple différent et même étrange.

Pour vous ce n'est pas l'Orient que vous trouvez, simplement un pays et un peuple qui vous font penser à l'Antiquité, à l'origine des choses, à la mémoire de la terre et des hommes. C'est sans doute pour cela que vous cherchez à peindre non pas les paysages mais ce qui se cache derrière les paysages, non pas les visages mais ce qu'il y a derrière les visages. Ce qui vous intéressait, c'était de vous approcher de l'âme de ce pays. Je crois que vous avez vite compris que le réel marocain est insaisissable. Aucune copie n'est possible. Toute tentative de le rendre fidèlement est vouée à l'échec. Un créateur comme vous n'est pas un copieur de la vie ; il ne représente pas la réalité, il la compose, la réinvente. Comment figer une lumière ? Comment arrêter le temps sur un visage ?

Vous avez énormément travaillé durant ce voyage. Vos yeux ont travaillé, vos mains ont travaillé, votre conscience a travaillé, et votre mémoire n'a cessé d'emmagasiner des images, des détails, des instants de vie, des passages de lumière, des moments de grâce. Le choc du Maroc a été pour vous une source inépuisable d'invention, de création et de réflexion. Il vous a fait «grand effet», pour utiliser vos propres termes. Les émotions qu'il vous donnait vous ont remué profondément. Vous cherchez le langage du cœur pour les exprimer. Quelque chose vous a depuis habité. Dans notre culture populaire, quand on dit de quelqu'un qu'il est «habité», on vise souvent un état extrême comme la passion ou la folie. On dit qu'il ne s'appartient plus. Des âmes venues d'ailleurs occupent son corps et son esprit. Parfois on est habité par des ondes négatives, des traces du diable ou de ses sbires. Dans votre cas, c'est un trop-plein d'émotions nouvelles baignées par une lumière exceptionnelle, dégagées par des hommes et des femmes simples mais vivants. Vous l'avez vous-même reconnu : «L'aspect de cette contrée restera toujours dans mes yeux ; les hommes et les femmes de cette belle et forte race s'agiteront, tant que je vivrai, dans ma mémoire. C'est en eux que j'ai retrouvé vraiment la beauté antique… Une Antiquité vivante.»

Votre référence à l'Antiquité est flatteuse. Tanger s'appelait avant «Tingis». Des Romains sont passés par là. On trouve des traces de ce passage sur une colline de Marshane face à la mer. Des hommes de la montagne ont l'allure fière de ceux qui ont appartenu à une vieille histoire.

Cette beauté, nous la remarquons à peine. Ce sont souvent des visiteurs qui s'extasient devant ces corps sculptés dans le bronze et qui se meuvent avec une souplesse toute naturelle. Nous sommes ici, nos yeux tournés vers l'ailleurs. Pendant que je vous écris, des regards sont portés vers le nord, c'est-à-dire vers le sud de l'Espagne. Des corps se lancent dans l'aventure la plus hasardeuse de ces Temps modernes, celle de traverser clandestinement le détroit de Gibraltar. La beauté n'est le souci de personne. La beauté est jetée dans les flots d'une mer inhospitalière. Elle est donnée à la mer qui l'engloutit ou, dans les meilleurs des cas, donnée à l'Europe qui n'en veut pas.

Il faut sortir de sa tribu pour lire la beauté dans le regard de l'étranger. Vous êtes parmi les premiers artistes à vous extasier devant la beauté des gens qui peuplent ce pays. Vous avez l'œil vif et le geste élégant. Lorsque vous êtes introduit dans des familles juives de Tanger, vous êtes fasciné par la beauté des femmes, que vous trouvez admirables au point de les comparer à des «perles d'Éden». En même temps, vous savez que vous ne ferez rien d'autre que les peindre. Quand aujourd'hui je regarde *Saada et Précidia Benchimol*, je sais ce qu'est «une perle d'Éden». La fille d'Abraham Benchimol et sa servante déclinent une beauté énigmatique. Si la servante a un regard bienveillant et protecteur, Précidia a une pudeur inquiète. Ni l'une ni l'autre ne jouit d'une liberté réelle. Leur beauté est leur prison. Vous avez respecté cette intimité sachant qu'un Roumi, un

Juive en costume de fête, Tanger.
Musée Fabre, Montpellier.

nazarien – un chrétien – n'a pas le droit de toucher cette grâce érotique qui émane de leur présence.

Le hasard a fait que ce sont des intérieurs de maisons juives qui se sont ouverts à vous. On vous a sans doute dit que l'islam interdit le dessin et la peinture, qu'il est contre la représentation des êtres, etc. Vous avez vous-même écrit : «Ils ont des préjugés contre le noble art de peindre.» Ce cliché a la vie longue. Il est dommage que personne de sensé ne vous ait parlé de ce cliché têtu. Durant des siècles, les peuples musulmans ont été privés de peinture et de peintres. Quel dommage, quelle stupidité, quel préjugé erroné et sans fondement ! L'islam n'a jamais interdit la peinture. Il a simplement interdit que Dieu et son prophète soient représentés. Dieu est Esprit. C'est normal de ne pas le personnaliser, de ne pas le couler dans le moule d'un homme, quelles que soient sa beauté et ses vertus. Il en est de même du prophète Mohamed, être exemplaire, homme simple devenu exceptionnel à partir du moment où Dieu l'a choisi pour être son messager, le dernier des prophètes. On sait, d'après les témoignages de l'époque, d'après aussi les *hadith* du prophète (ce qu'il disait), son allure, ses traits physiques et aussi ses traits de caractère.

On connaît sa vie, ses combats, ses qualités physiques et morales. Mais à partir du moment où Dieu l'a rappelé à lui, il est devenu un Esprit qui ne peut se matérialiser dans un portrait ou une sculpture. Les musulmans ont souvent été choqués et dérangés par la représentation du Christ crucifié (pour eux, Jésus est un prophète qui doit être vénéré au même titre que Moïse et Abraham).

Que serait aujourd'hui la peinture occidentale sans le Christ et les saints ? En islam, rien ne doit s'immiscer entre le croyant et Dieu. Ni intermédiaire, ni hiérarchie. Cela vient de la culture de la simplicité, de l'humilité. Ce qui n'empêche en rien de dessiner un paysage, un roi, un mendiant, un troupeau de chevaux ou de chameaux. Le peuple continue de croire que l'acte de dessiner ou de peindre est une offense à l'islam. Il est mal informé. Personne ne lui a expliqué la réalité des choses. On a maintenu le peuple dans une ignorance faite de clichés et de préjugés. Le pire, c'est que ceux qui ont senti naître en eux le désir de créer, le besoin de suivre le chemin de l'art, se sont rétractés, se sont fait violence et ont refusé d'être ce qu'ils auraient dû être. Ainsi s'explique l'absence de tradition picturale dans le monde arabo-musulman. Il y a eu, certes, quelques miniaturistes, surtout en Iran, mais cela ne fait pas une tradition.

L'esprit de création et d'imagination s'est exercé dans l'artisanat des objets de la vie quotidienne : la céramique, les broderies, les tapis (c'est vous-même qui avez dit que les tapis «sont des tableaux tout faits»), le costume, la décoration d'intérieur et, bien sûr, l'architecture. Il a fallu attendre le vingtième siècle pour voir apparaître les premiers peintres issus de cette culture. Pour beaucoup, ils ont trouvé refuge dans le style abstrait, d'autres se sont spécialisés dans la calligraphie. Vous avez compris que l'art des musulmans s'exprime dans leur vie quotidienne, dans la manière de porter les habits et aussi de les confectionner. Vous vous faisiez expliquer les carac-

téristiques du vêtement arabe par votre guide et interprète, Abraham Benchimol. Nous n'avons pas de musée,
mais nous avons des arts vivants intégrés dans la vie de
tous les jours.

Je ne sais pas si vous avez travaillé à la hâte, en faisant
presque en cachette vos esquisses sur vos carnets pour
échapper au reproche que des passants religieux
pouvaient vous faire ou bien parce que le mouvement
des êtres et des choses était rapide et fugace. Vous avez
confié à un ami : «je faisais mes croquis au vol avec
beaucoup de difficultés à cause des préjugés des musulmans contre les images…», mais permettez-moi de vous
dire qu'il n'y avait pas que cette crainte. Il fallait faire
vite parce que la vie est rapide, parce qu'il existe des
gestes si brefs qu'on ne peut les saisir qu'en étant un
observateur très concentré et se sentant en danger.
Savez-vous que vos carnets sont parfois plus appréciés
que certaines de vos grandes toiles ? D'où vient cette
préférence ? Simplement parce que vos dessins et
croquis à la mine de plomb, à la gouache ou en aquarelle,
sont d'une beauté exceptionnelle. La vie est là,
émouvante, surprenante, simple. Vous avez réussi à
capter en quelques instants brefs l'essentiel de l'âme
marocaine. Pour vous, ce n'était que des notes, des
esquisses pour un travail ultérieur, des «notes» prises
pour parer la faiblesse de la mémoire, des croquis
appelés à devenir des toiles, des œuvres importantes,
décisives. Vous faisiez du «reportage» comme si vous
étiez un journaliste venu enquêter sur le peuple marocain
voisin de l'algérien qui venait de tomber sous le joug de

la colonisation française. Mais la politique n'est pas votre choix pour vous exprimer. Vous vous méfiez tellement de votre mémoire que vous ajoutez aux croquis des mots pour bien préciser les détails de ce qui se présente à vous. Vous faites de la poésie sans vous en rendre compte : « La mer bleu foncé comme une figue ; les haies jaunes par le haut à cause des cannes, vertes en bas par les aloès... »

Tout le pays est un infini spectacle. C'est qu'ici, au Maroc, les gens n'ont pas la même conception du temps qu'en Occident. Ce qui prime, c'est la durée intérieure, difficile à calculer. Ce qui compte, c'est le mouvement du soleil et de la lune, les saisons dans leur intégrité, dans leur tempérament, avec leurs traces physiques dans le ciel, sur la terre. La modernité a eu du mal à pénétrer dans ce pays, et encore aujourd'hui, elle ne cesse de buter contre des pratiques et coutumes où l'irrationnel l'emporte sur la raison, où la tradition héritée des anciens continue d'être la référence majeure. Ce respect quasi religieux de la tradition est dicté par un besoin d'authenticité. Les gens aiment être en accord avec leurs héritages. Cela les rassure et leur permet de persévérer dans leur être avec une ténacité pouvant devenir un handicap pour le progrès. Mais pour le Maroc de cette époque, le progrès n'était pas son affaire. Il était tenu à l'écart de l'évolution scientifique et technique. La France viendra plus tard et apportera

Double page suivante :
Album d'Afrique du Nord et d'Espagne.
Musée du Louvre, Paris.

hommes assis à gauche Caftan orange. Haïck en désordre qu'il
rajustait

vue de la mosquée   Campagne

très loin

noir se justant son haïck.
nud

des hommes construisent le tappa.

haïck
entortillé

parties de mur peintes en jaune. le bas en
général en blanc
très propre à détacher les
figures

belle porte

petite mosquée.
peinte en jaune

chez le juif qui m'a
conduit sur les terrasses

les parties éclairées

femme assise brodant un habit de femme chez le chef
n juifs. très vives couleur de rose à la figure se détachant sur
une blanc. l'enfant auprès.

la maison ruinée du Portugais

rue du haut de la terrasse

autre côté porte de la ville. murail
du quartier des juifs

dans ses bagages quelques éléments de ce progrès. Le pays avait cependant à opposer aux autres ses valeurs nourries par la culture humaniste de l'islam, un islam apaisé et apaisant. À cette époque, les Marocains n'avaient pas encore réussi à marier le temps et l'argent. C'est peut-être cela qui vous a séduit et étonné.

Alors que vous aviez célébré la révolution de 1830 à votre façon, c'est-à-dire avec votre art, même si vous n'avez pas beaucoup le souci du politique, vous avez peut-être constaté que ce qui prime dans cette culture, c'est la famille et le clan. L'individu n'est pas reconnu. Il est marginalisé et n'a d'existence qu'au sein de la tribu. D'une façon générale, il appartient à l'*Umma* musulmane (la nation, dans le sens de la demeure qui réunit et rassemble); il fait partie de cette globalité. Vous avez vu des hommes en groupe, des femmes entre elles, dans la rue, dans les marchés. Le Marocain est connu pour son hospitalité, pour sa générosité. Il ouvre facilement sa maison mais cache sa femme. Ceci est particulièrement vrai des musulmans. C'est grâce à l'interprète du consulat de France, M. Benchimol, que vous avez pu entrer dans des maisons juives.

Musulmans et juifs ont vécu des siècles en bonne et riche symbiose, surtout dans le domaine de la culture. Cette connivence, cette complicité viennent de leur passé commun en Espagne. Des juifs, il en existait au Maroc avant son arabisation et son islamisation. Ils étaient berbères. Ce fut après l'Inquisition que des juifs et des musulmans se sont réfugiés au Maroc. Certains se sont convertis à l'islam sans changer leur nom, d'autres ont gardé leur religion et leurs traditions. La culture musulmane du Maroc s'est enrichie de cette coexistence. Le patrimoine de ce pays ne peut se concevoir sans l'apport de la culture et des traditions hébraïques. Les juifs marocains sont connus pour le travail de l'or, pour la création de bijoux en argent, pour la broderie au fil d'or. Des artistes réputés pour leur sens de l'invention, pour le travail minutieux. Vous faites remarquer, à propos de la toile *Comédiens et Bouffons arabes*, que les deux personnages «jouent une espèce de parade en plein air, hors des portes d'une ville. Ils sont entourés de Maures ou de Juifs, assis ou debout, arrêtés pour les entendre».

À voir ce que vous avez retenu de ces visites dans la famille de Benchimol, peu de chose distingue les juifs des musulmans. La cérémonie du mariage est liée aux traditions ancestrales du Maroc – point commun avec les musulmans –, auxquelles vient s'ajouter le rituel religieux. Quand vous dessinez *Intérieur juif - famille Bouzaglo*, où on voit deux jeunes femmes et leurs enfants, assises sur un matelas, le dos sur le *hayti* accroché au mur, ou bien quand vous réunissez la famille Bouzaglo dans son salon pour en faire le portrait, rien ne distingue cette famille juive d'une famille musulmane. Quelques détails peut-être avec les bijoux, le genre de chéchia sur la tête de M. Bouzaglo. Vous avez bien dessiné, le 2 février 1832, la fille de Jacob en Mauresque. Vous écrivez à M. Duponcbel, directeur de l'Opéra, que le «costume des juives est très pittoresque». Vous lui parlez de «l'amour pur du beau» qui vous aide

Mariée juive de Tanger.
Musée du Louvre, Paris.

à supporter les inconvénients, notamment l'hostilité des Maures qui n'apprécient pas que vous observiez leurs femmes sur les terrasses…

Savez-vous que les terrasses sont des lieux de prédilection des femmes ? C'est dans ce lieu qu'elles s'expriment, se mettent à l'aise, bavardent avec les voisines, échafaudent des plans de fugue ou font des rêves pour échapper à leur séquestration déguisée en mariage. Autre lieu où elles se sentent à l'aise et se retrouvent pour parler et chanter, c'est le bord des rivières, là où elles lavent le linge. Vous êtes bien placé pour savoir combien cette intimité en plein air est précieuse. Vous avez esquissé quelques croquis sans vous rendre compte que vous violiez leur espace. Elles ont appelé leurs maris qui vous ont pris à partie. *Femmes de Tanger étendant leur linge* est une petite merveille. Le risque et la violence de la situation ont guidé vos crayons au point où la beauté de ce dessin paraît simplement naturelle. Mais de leur part, cette réaction est un jeu. Elles voulaient démontrer à leurs maris combien elles sont fidèles, obéissantes, combien elles sont leur bien propre. Dans ce pays, la condition de la femme est des plus rétrogrades. Les lois sont faites par les hommes (hommes de religion) pour le confort et le pouvoir des hommes. Dans ce domaine, musulmans et juifs sont d'accord pour se méfier de la femme et de son pouvoir. Quand vous avez peint *La Liberté guidant le peuple*, vous avez symbolisé la liberté par une belle femme au torse nu. Quelle révolution ! Au Maroc, cela aurait été impensable.

La femme – juive ou musulmane – doit obéissance à

son époux, ne sort qu'avec son autorisation. Un dicton dit à peu près ceci : la femme ne sort que pour aller au bain maure, pour rendre visite à sa mère mourante ou pour aller au cimetière. Évidemment, ceci est exagéré. Aujourd'hui les choses ont changé, mais on retrouve encore dans certaines régions cet esprit où domine l'homme. En réalité, il croit dominer. Toutes ces femmes soumises sont assez intelligentes et rusées pour prendre leur revanche. Vous avez dû penser que les femmes juives étaient moins cloîtrées que les femmes musulmanes. Vous avez eu la chance d'être tombé sur M. Benchimol. Du fait qu'il travaillait au consulat, il devait se sentir proche de la mentalité européenne et surtout ne pas vouloir se faire passer pour un homme qui séquestre sa femme. Le musulman n'a pas ce genre de scrupule. Il est persuadé que l'islam lui donne le droit de se conduire injustement avec les femmes. Erreur car, même si on trouve dans le Coran quelques versets qui affirment l'infériorité de la femme par rapport à l'homme, Dieu recommande au croyant de bien se conduire avec l'épouse. Les musulmans, pour justifier leur méfiance à l'égard des femmes, aiment citer une phrase du Coran qui dit à peu près ceci : leur capacité de ruser et d'empoisonner la vie est terrible !

Plusieurs fois vous parlez dans votre *Journal* de «l'école des petits garçons», et surtout de leurs planches d'écriture arabe. Il s'agit de l'école coranique située souvent dans une des salles de la mosquée. Au lieu de laisser les enfants s'ennuyer dans la maison, les parents les envoient au *msid,* sorte d'école religieuse où on leur fait apprendre par cœur le Coran. C'est une initiation à l'écriture, mais surtout, c'est un excellent exercice pour la mémoire. Ainsi, quand le garçon arrive à l'âge de six ans, il entre à l'école publique ou privée en sachant déjà lire et écrire. Le passage par l'école coranique est essentiel pour tout Marocain. C'est là qu'on fait l'apprentissage des premières contraintes de la vie. La planche est poncée ; on utilise de l'encre sépia qu'on peut effacer avec un simple chiffon humide.

Pas de cahier, pas de crayon. Juste une plume taillée dans un roseau. Tout doit être stocké dans la mémoire de l'enfant, même s'il ne comprend pas tout ce qu'il apprend par cœur.

Votre passion pour les chevaux a été comblée au Maroc. Vous les avez si bien observés que vous n'avez eu aucune peine, vingt-huit ans après, à les peindre. Vous avez assisté à un combat furieux opposant deux superbes chevaux arabes. Leurs cavaliers ne savaient comment les calmer. Vous-même, vous étiez désappointé. Vous écrivez à votre ami Pierret : « Deux chevaux ont pris dispute et j'ai vu la bataille la plus acharnée qu'on puisse imaginer : tout ce que Gros et Rubens ont inventé de furies n'est que peu de chose auprès. »

Peut-être que ces chevaux, vous voyant, et surtout reconnaissant en vous le grand artiste étourdi par tant de beauté et de découvertes, vous ont offert un spectacle, une scène pour vous spécialement, pour que vous la dessiniez et puissiez ensuite la peindre. Vous avez trouvé le spectacle « admirable », « vraiment admirable pour la peinture». On dirait que les chevaux ont pris leur élan pour bondir jusqu'à atteindre les nuages.

Votre fascination pour les chevaux a été confortée par la passion des hommes des montagnes pour ces bêtes. Alors qu'en Occident le chien est l'ami de la famille, le voile contre la solitude, le compagnon et guide des aveugles, au Maroc, cet animal n'est pas aimé. Il est même rejeté. Un chien n'est pas accepté comme ami fidèle. Il n'entre pas à la maison. À la limite, on l'utilise pour garder une ferme ou une maison à la campagne. Entre le Marocain (surtout non citadin) et le cheval, il existe une complicité. C'est le compagnon soumis, celui qui est dressé pour obéir, pour donner de la fierté à son maître, pour traduire la noblesse et l'orgueil. Cela, vous l'avez compris, et de ce fait vous ne peignez pas un bel animal, vous peignez une relation, une quête, une passion. Une de vos plus belles toiles est pour moi *Combat d'Arabes dans les montagnes* (1863). Elle est irréelle, envahie par des bleus étranges; les chevaux ou du moins un beau cheval est au premier plan; la végétation est enveloppée par un vert chaque fois différend; le mouvement de l'ensemble est une symphonie où la poussière et la poudre se rejoignent dans le blanc. Elle rappelle *Choc de cavaliers arabes* (1843-1844), qui vous a été probablement inspiré par le combat de chevaux auquel vous avez assisté par hasard dès votre arrivée à Tanger. Là, le cheval blanc se bat pour vous permettre de le peindre comme s'il faisait partie de chevaux de l'Apocalypse. J'ai la même pensée en regardant *Cavalier arabe donnant un signal* (1851). Dans *Arabe s'apprêtant à*

Marocain sellant son cheval.
Musée de l'Hermitage, Saint-Pétersbourg.

Cavalier marocain donnant un signal.
The Chrysler Museum, Norfolk.

Cavalier traversant un gué.
The J. P. Getty Museum, Los Angeles.

seller son cheval (1857) ou *Arabe sellant son cheval* (1855), ou bien encore *Chevaux se battant dans une écurie*, vous manifestez non seulement votre passion pour ce compagnon de l'homme, mais vous en faites le symbole de l'énergie, de la violence rythmée comme dans un ballet, et même, vous lui accordez quelque chose qui est propre à l'homme, une sorte de quête spirituelle.

Vous aimez le peindre et le mettre en scène comme si les hommes n'avaient pas autant de capacité, autant de force intérieure et extérieure pour exprimer votre vision du monde, vos pensées et vos rêves. Le cheval bénéficie chez vous d'une attention particulière.

Il n'est pas là par hasard, pour décorer ou pour servir de monture à l'homme, il est là parce qu'il participe à un paysage qui vous fascine et que vous aimez réinventer. Chaque fois, cette énergie se confond avec la vigueur, avec la force et la puissance des éléments, le ciel et ses nuages, la terre et ses montagnes, la rivière et ses crues. Cependant, vers la fin de votre vie, en 1862, vous peignez des chevaux calmes, beaux et obéissants. *Chevaux à l'abreuvoir* est une composition raffinée et apaisée. Tout y est harmonieux : les couleurs où même le rouge est doux, un ciel légèrement blanc avec quelques touches de bleu, une femme vue de dos est habillée à la marocaine, les cavaliers et surtout les chevaux expriment une mélancolie, le tout est assez pudique et reposant.

Dans la ville de Fès, ce sont les aristocrates qui peuvent se permettre de posséder un cheval qui leur

Passage d'un gué au Maroc.
Musée d'Orsay, Paris.

sert de monture et aussi de signe désignant la classe sociale. Ailleurs, le cheval est utilisé pour la fête, pour signifier la victoire. La fantasia est un spectacle où les couleurs et les bruits se marient dans un jet final où même la poussière soulevée par la course de chevaux doit être assez épaisse pour dire la joie et le plaisir viril.

Dans *Fantasia arabe devant une porte de Meknès*, les chevaux ne touchent pas le sol. Ils sont ailés, prêts à rejoindre le ciel et ses nuages couverts de la poussière rouge qu'ils ont soulevée. Les cavaliers sont aussi suspendus en l'air. C'est une vraie *fantaisie*, une incursion dans l'irrationnel, dans le jeu gratuit, exercice de la bravoure dans le but de donner un spectacle pour les yeux et les sens. Cette fantasia a quelque chose de magique. Le cheval de devant, celui qui cache les autres tout en laissant apparaître quelques détails, est soumis à la passion de son cavalier. Il court, vole, et sert son maître. Théophile Gautier a eu cette jolie formule à propos de *Fantasia devant la porte de Meknès* et *Exercices militaires des Marocains* (1847) : «Il faut se dépêcher de regarder cette peinture car elle passe au galop.» Ce fut lui aussi qui, impressionné et troublé par vos peintures rendant «cette impassible sérénité orientale», écrit : «Nous douterions fort de son authenticité si nous ne savions que l'artiste a réellement fait le voyage du Maroc. Il est difficile de reconnaître la nature africaine dans ce paysage vert chou, dans ces rives herbues, dans ces arbres du Nord, dans cette rivière semblable à la Seine ou la Marne.»

Avant de vous accompagner à Meknès (onze jours de

marche pour faire quarante-cinq lieues), je voudrais m'arrêter sur deux remarques de Baudelaire sur votre œuvre.

La première concerne la comparaison qu'il fait entre vous et Victor Hugo : « M. Victor Hugo, dont je ne veux certainement pas diminuer la noblesse et la majesté, est un ouvrier beaucoup plus adroit qu'inventif, un travailleur bien plus correct que créateur. Delacroix est quelquefois maladroit, mais essentiellement créateur. » La maladresse, c'est l'imperfection qui souligne que c'est une main humaine qui a peint. Cette main n'est jamais sûre d'elle-même, elle doute, elle se trompe, corrige, revient sur le travail, efface des traits, change une teinte et n'affirme rien de définitif. Elle est vivante au service du mouvement de la vie, que ce soit un personnage ou un paysage. Comment peindre le vent ? Comment dire les gestes, et même ce qui se passe au-delà de ce qu'on voit ?

Ce terme de « maladresse » est peut-être inexact, mais il suggère quelque chose de fondamental : vous n'êtes pas un reproducteur, vous êtes un créateur, quelqu'un qui invente à partir de ce qu'il voit. Car ce qui lui apparaît n'est que la surface séduisante et piégée du réel. Ce que votre imagination fait, ce qu'elle apporte de nouveau, c'est qu'elle traverse cette apparence pour aller vers l'essentiel, vers la substance qui se cache derrière les choses. Dans *Noce juive au Maroc* que vous avez peinte sept ans après votre retour, il y a une compo-

Double page suivante :
Noce juive au Maroc.
Musée du Louvre, Paris.

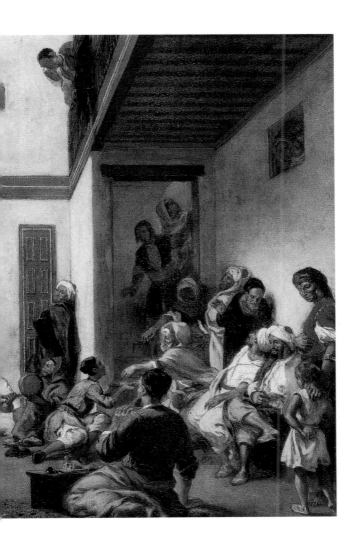

sition qui va au-delà du réel. Trente-trois personnages sont rassemblés dans un petit espace, celui d'une maison traditionnelle. Chacun joue un rôle. Aucun costume n'est identique. Comme l'écrivait Stendhal, «le détail produit l'authenticité». Il y a là une accumulation de détails qui sont l'expression d'une spontanéité et d'un souffle fort. Vous avez presque la crainte que ces détails vous échappent ou changent de lieu et de mouvement. Ici, le détail ne joue pas un rôle de symbole. Il existe par lui-même, relié à l'ensemble. Cependant, si on l'isole, on constate qu'il n'est jamais là par hasard. L'authenticité, c'est l'imaginaire qui enchante le réel, le reproduit avec la fantaisie de la naïveté, c'est-à-dire de la sincérité.

L'espace a des ouvertures qu'on devine. Nous sommes dans le centre de la maison, au rez-de-chaussée. Fait rare dans la société marocaine traditionnelle : hommes et femmes sont mélangés. Juifs et musulmans assistent ensemble à la fête. Ce qui ressort de votre tableau, c'est une grande sensualité qui n'est pas montrée mais esquissée par petites touches au point où la fresque devient une partition musicale, une réinterprétation de la noce à laquelle vous aviez assisté. Votre mémoire a péché par générosité; elle a été plus créatrice que simple reproductrice.

Entre le fait vécu et ce que vous en avez fait, il y a cette différence magnifique, celle qui a apporté le rêve, la beauté avec ses parfums et son élégance. Le souvenir s'amuse de nous. Complice du temps, il nous raconte des histoires, dans le sens ironique de l'expression. Il bouleverse les données et, comble de perversité, il perturbe les repères et nous oblige à le réinventer en l'enrichissant. Dans la mesure où vous avez souvent eu recours au souvenir pour peindre, vous n'êtes pas sans savoir que cet allié est aussi un ami infidèle, un étrange compagnon auquel il arrive de s'éteindre comme s'il n'avait jamais existé, ou qui se présente à vous avec insistance alors qu'on sait qu'il n'a jamais existé. Évidemment, il n'y a là aucune maladresse, bien au contraire, la toile est d'une rigueur implacable. Elle ne représente pas *la* noce juive d'une famille donnée de Tanger. Elle est une autre noce, une autre fête, une autre réalité. Celle-là est la vôtre, c'est celle qui nous intéresse. Elle est certes inspirée et dans l'esprit de la «vraie» fête à laquelle vous avez été convié. Mais ce que vous en avez fait, c'est bien autre chose; une peinture qui respire la vie, devient mouvement, chant et poème. Le bruit de la soirée a été éliminé. Les conversations ont été effacées, pas les gestes, les mouvements des bras et de la tête. Restent les couleurs qui dansent et les formes qui occupent tout l'espace selon leur propre tempérament. Au fond de la toile, un personnage, un homme, est appuyé contre le mur dans une attitude solitaire, on dirait un témoin, un spectateur inquiet. Il ne participe pas à la fête. Oserais-je penser que ce personnage est vous? Alors, vous vous seriez déguisé en notable marocain, peu importe sa religion, et vous vous seriez glissé dans la toile pour voir ce que nous verrons. C'est une idée, une image secrète dans ce flot de couleurs, de chants et de danses.

La deuxième remarque de Baudelaire accentue le paradoxe: «Ses œuvres [...] sont des poèmes naïve-

Noce juive au Maroc (détail).
Musée du Louvre, Paris.

ment conçus, exécutés avec l'insolence accoutumée du génie.» Il précise dans une note sa pensée : «Il faut entendre par la naïveté du génie la science du métier combinée avec le *gnôthi seauton*, mais la science modeste laissant le beau rôle au tempérament.» Votre naïveté n'est autre que votre capacité à nourrir votre curiosité, à éprouver de l'étonnement, à rester humble et disponible, au service de l'imagination, de l'inventivité, c'est-à-dire l'insoumission face au réel tel qu'il se manifeste et ne cesse de nous tromper. Vous lui opposez l'intelligence d'un autre voyage, celui qui s'engage et s'aventure dans les risques de la création.

La poésie est une sorte de mathématique des émotions. Elle est exigence et rigueur, ce qui implique l'immense liberté de transcender le réel. Votre naïveté n'est en fait que le vecteur vivant de l'imagination. C'est votre sincérité opiniâtre qui avance et fouille la réalité pour en sortir une vision qui fera rêver des générations. Au Maroc, ce n'est pas la douleur qui vous a le plus inspiré. À aucun moment on ne ressent cette mélancolie qui émane de certaines de vos toiles avant votre voyage au Maroc. Vous avez été séduit par l'étrangeté, par le choc des émotions et des attitudes. Cela est particulièrement visible dans les carnets réalisés à Meknès.

Votre déplacement vers la capitale du royaume est un voyage dans le voyage. Il faut dire que le roi a probablement voulu vous étonner et vous a traité comme un invité de marque, comme c'est la tradition dans la dynastie alaouite. Le sens de l'hospitalité est sacré. L'invité a tous les droits et jouit de tous les égards. Le principe est de l'installer dans une position haute et noble. Ce sens de l'hospitalité, vous l'avez rencontré aussi chez des gens simples, modestes. La générosité n'est pas affaire de moyens. Elle est une valeur en soi. Le Maroc a tout le temps tenu à être digne de cette valeur d'humanité.

Le roi a mis à votre disposition quarante mules placées sous la conduite de muletiers de Tétouan pour votre voyage. Avant de prendre la route, vous êtes parti à Gharbia, aux environs de Tanger. Vous avez admiré la montagne, celle que nous appelons la «Vieille Montagne». Vous avez noté la pureté du ciel, scruté la mémoire des pierres et le «pittoresque» des roches. Mais ce qui va le plus retenir votre attention, ce sont les hommes et les femmes des tribus. Vous assistez à ce que vous appelez «des courses de poudre» dans la plaine, avant la rivière. Chevaux dans la poussière, désordre et bruit, et vous notez les costumes des hommes : caftan bleu-noir, caftan bleu de ciel, etc. Le caftan est un habit de femme (il en est de même pour le *haïck* que vous attribuez systématiquement aux hommes). Ce que vous avez vu, ce sont des *jabadors*, sortes de gilets en laine, des burnous ou djellabas. *Exercices militaires des Marocains* est une toile qui réunit tous ces détails observés dans ce début de voyage vers Meknès. Rien ne vous échappe : tout est noté, lieu, hommes, terre, colline, montagne : chaque chose est désignée par sa couleur. L'emploi du sabre et du bâton est fréquent. Vous avez à peine le temps d'apercevoir un geste d'un pacha ou d'un cavalier, le sabre est déjà tiré. Nous sommes dans une époque et un pays où la sécurité ne peut être partout assurée. La traversée d'Alcassar vous dérange : rues horribles, boutiques hideuses, violence gratuite, pluie battante, désordre, hommes en colère... Vous en concluez : «voracité des Maures». Le vorace est celui qui est toujours prêt à dévorer, à engloutir. Ce terme s'applique à l'animal qui mange avec avidité. Il peut s'appliquer à une personne exploitant avidement ceux qui dépendent d'elle. Le pacha que vous avez rencontré, par exemple. Mettons cela sur le compte de votre mauvaise humeur de ce vendredi 9 mars 1832. Vous avez été malade et votre nuit a été mauvaise.

Le lendemain, des enfants ont jeté des pierres sur votre convoi. Hostilité avouée ou jeu d'enfants intrigués par ces visiteurs encadrés par des cavaliers appartenant aux autorités. Dans le bled, le pouvoir des autorités est craint mais jamais respecté. D'où un proverbe : «Le Marocain a peur et n'a pas honte.» Comme vous l'avez constaté, la répression de ces jets de pierres va s'abattre sur tout le village, lequel ne s'en sort qu'en faisant des offrandes au pacha et à ses invités, dont le comte de Mornay. L'abus de pouvoir, l'arbitraire et l'absence du droit ont porté un tort énorme à ce pays, et cela a continué bien après votre passage. La corruption dont vous parlez sans la nommer n'a cessé de se généraliser, jusqu'à toucher tous les milieux.

Double page suivante :
Exercices militaires des Marocains.
Musée Fabre, Montpellier.

Mais revenons à votre art et surtout à votre excellent sens de l'observation, même si, comme vous le confiez à votre ami Pierret, «le pittoresque vous crève tellement les yeux à chaque pas qu'on finit par y être insensible».

Une aquarelle représentant votre chambre à Meknès (*Intérieur arabe, dit chambre de Delacroix à Meknès*). Elle est pudique, dépouillée, simple.

Le plafond est décoré. C'est du bois sculpté, puis peint. C'est fréquent dans les intérieurs marocains. On laisse souvent les murs nus, parfois on les couvre d'un *hayti*, sorte de broderie en couleur, mais on tient à ce que le plafond soit recouvert de boiserie. Cette chambre sort d'un rêve inachevé. C'est un lieu hors du temps. Savez-vous qu'on trouve encore ce genre de chambre dans les villages ayant gardé leurs caractéristiques rurales ? C'est un espace qui n'appartient à aucune époque précise. C'est le lieu visité puis habité par l'éternité.

Votre arrivée à Meknès, «entrée triomphale», vous a secoué et vous l'avez vécue comme un supplice. Les Marocains en font trop parfois. Trop de bruit, trop de désordre, trop de sollicitude. C'est le roi qui reçoit. Tout doit être royal, tout doit être démesuré, tout doit briller et impressionner. En regardant votre toile, *Les Aïssaouas*, peinte en 1838, je me dis qu'elle vous a été fortement inspirée par l'accueil de Meknès, tapageur mais pénible pour vous. Les Aïssaouas sont une confrérie musulmane qui sort de l'orthodoxie pour valoriser la bravoure et l'endurance de l'homme. Cela n'est pas inscrit dans l'islam. Mais le Maroc a de tout temps laissé la liberté aux croyants de s'exprimer selon leur tempérament et de discuter certains détails de la religion. Ce sont des survivances de pratiques païennes, davantage en rapport avec le profane qu'avec le sacré.

Votre tableau – qui n'est pas réaliste – saisit le tempérament de quelques musulmans exaltés, entrés en transe en s'autoflagellant comme s'ils avaient une faute, un péché à expier. Vous avez parfaitement montré le délire des hommes barbus, des personnes qui ont renoncé à la raison pour s'installer dans une sauvagerie qui nous a toujours choqués, nous autres Marocains. Tous les personnages participent à ce déferlement de chants, de danses, d'agitation irrationnelle. Les femmes sur les terrasses sont excitées. Les enfants sont amusés, d'autres effrayés. Seul l'homme à cheval, un homme d'autorité politique et religieuse, semble serein.

Cette superbe toile me fait penser au jour du Jugement dernier. Je l'imagine ainsi : une foule en délire, des hommes mordant la terre, d'autres évanouis portés vers la rivière du malheur, certains attendent leur tour pour se jeter au milieu de la scène mouvante, d'autres réclament le prophète Mohamed pour qu'il intercède auprès de Dieu, enfin les femmes tenues à l'écart comme si elles allaient bénéficier d'un traitement de faveur.

Vous écriviez dans votre *Journal* (7 mai 1850) : «Montaigne écrit à bâtons rompus. Ce sont les ouvrages les plus intéressants. Après le travail qu'il a fallu à l'auteur pour suivre le fil de son idée, la couver, la développer dans toutes ses parties, il y a bien aussi le travail du lecteur qui, ayant ouvert un livre pour se délasser, se trouve insensiblement engagé, presque d'honneur, à déchiffrer, à comprendre, à retenir ce qu'il ne demandait pas mieux d'oublier, afin qu'au bout de son entreprise, il ait passé avec fruit par tous les chemins qu'il a plu à l'auteur de lui faire parcourir. » Ainsi, je me permets de suivre votre idée. Je sais, cela n'a rien à voir avec ce que vous avez voulu peindre. Mais ce tableau me donne des émotions et des inquiétudes, tellement il est sublime dans la composition, le mélange des couleurs, l'utilisation de la lumière de ce ciel si bleu, et aussi dans le mouvement des personnages si nombreux et pourtant peints avec précision et subtilité. Vous réalisez, dix-neuf ans après, une toile curieuse mais qui est à rapprocher de celle-là. Il s'agit des *Convulsionnaires de Tanger*, une peinture sombre, exprimant une très grande violence et la douleur des hommes, une douleur terrifiante. Quelle a été l'origine de cette toile ? Peut-être qu'elle a été peinte pour illustrer ce que vous appelez «le terrible » : «Le terrible est dans les arts un don naturel comme celui de la grâce.» Ici, «le terrible» est à sa place, comme la souffrance et la désolation. Comme Shakespeare, que vous admirez, vous avez su faire parler les esprits. Je vous cite encore : «La source principale de l'intérêt vient de l'âme, et elle va à l'âme du spectateur de manière irrésistible.»

Un homme à plat ventre se mord le bras droit, une mère éplorée essaie de calmer son enfant, d'autres personnages lèvent les bras au ciel. C'est une représentation d'une douleur incommensurable. À quoi correspond-elle ? Et si elle ne correspondait à aucune réalité vue à Tanger ? Et si c'était votre imagination qui a élu ce sujet pour mettre à l'épreuve la poussière des couleurs que vous avez composées ? Il est vraiment dommage que la visite de Moulay Idriss Zarhoun vous ait été interdite. C'est un péché, une erreur, une faute. C'est une très jolie petite ville baignée par une spiritualité intense et subtile. C'est là que le fils du fondateur de Fès est enterré. C'est un lieu de recueillement, de prière et de médiation. Les Romains y ont laissé de belles traces. Vous qui êtes si fasciné par l'Antiquité, vous auriez été comblé et surtout apaisé par cette ville. Là, point de fantasia, ni de désordre ni de bruit.

Au moins neuf études ont été nécessaires pour peindre *Moulay Abd er-Rahman, sultan du Maroc.* Certaines sont rapides, d'autres détaillées. Vous avez mis dans cette toile tout ce que vous avez pu noter, observer, cacher, puis classer dans vos souvenirs. Il faut dire que la cérémonie de l'audience que vous a accordée le roi a été un moment haut en couleur de votre voyage. Les rois du Maroc aiment recevoir avec faste. Tout doit être exceptionnel. Pour vous, ce fut une fête où vous n'avez pas eu le temps de souffler, de jouir de ces moments intenses. Vous n'avez pas cessé de prendre des notes, de faire des croquis, vous avez travaillé sans vouloir donner l'impression que vous étiez là pour emmagasiner des détails pour les utiliser plus tard en faisant le portrait de ce roi. Tout le Maroc de cette époque est là. Votre œuvre a su capter quelque chose de mystérieux, un air, des pratiques qu'on appelle *makhzen*. Vous ne le saviez peut-être pas en entrant chez le roi, mais vous avez vu des

Moulay Abd er-Rahman, sultan du Maroc, étude.

Moulay Abd er-Rahman, sultan du Maroc.
Musée des Augustins, Toulouse.

gens s'agiter, des *mokhaznis* se courber devant le passage du roi, d'autres se précipiter pour lui frayer un passage. *Mokhazni* vient de *makhzen*, mot qui donnera en français *magasin*. Le *makhzen* est un ensemble de codes non écrits qui gèrent la vie du palais et les relations entre le roi et ses sujets. Ce sont des traditions accumulées depuis des siècles et qui se perpétuent sans que ce soit dit ou enregistré par un texte. Pour les Marocains, le *makhzen*, c'est l'Autorité, le pouvoir non visible. On ne le discute pas. On subit ses lois et on se tait.

Personne n'ose le contester. C'est un particularisme de la dynastie alaouite. C'est l'ordre du religieux et du symbolique. La couleur du ciel est d'un bleu irréel magnifique. Les murailles de Meknès ont une épaisseur, une grandeur rendue encore plus crue par l'herbe sauvage qui a poussé sur les bords. L'harmonie des couleurs est d'une grande simplicité. Pas d'effet, pas d'exagération, mais une gravité, une grande et belle gravité, impression forte de la cérémonie à laquelle vous avez assisté.

Votre tableau est un reflet juste de cet invisible. Vous l'avez saisi sans savoir de quoi il est fait. C'est la force de l'artiste, du génie qui va à l'essentiel sans s'encombrer de mauvaises odeurs. C'est votre instinct qui arrive à dévoiler ce qui se cache derrière l'apparat, derrière la fête. Il vous a fallu une dizaine d'années d'attente avant de peindre le moment historique de votre voyage au Maroc. Même si vous n'êtes pas engagé dans et par la politique, vous saviez ce qui se passait dans le pays voisin : en 1843, alors que la France occupe l'Algérie et doit faire face à une résistance importante, le duc d'Aumale prend la *smala* de l'émir Abd el-Kader, lequel se réfugie au Maroc. Le soutien qu'il trouve auprès du sultan inquiète la France au point qu'elle déclare la guerre au Maroc et bombarde Tanger. Une bataille a lieu entre l'armée française et l'armée marocaine qui subit une défaite. La paix est signée à Tanger, le 10 septembre 1844. Cette paix est considérée comme un accord complet entre le gouvernement de Louis-Philippe et le sultan Moulay Abd er-Rahman qui décide d'envoyer en France une mission diplomatique pour s'enquérir des causes de la puissance militaire et culturelle de ce pays. Il désigna à la tête de cette mission le caïd de Tétouan, hadj Abdelkader Bnu Mohamed Ash'âsh, trente-cinq ans, appartenant à une vieille et grande famille andalouse.

Ce «voyage en Occident», en terre de chrétienté, répond en quelque sorte à votre voyage en Orient, plus précisément en Afrique du Nord et en terre d'islam. Il sera l'occasion d'un retour sur soi, une prise de conscience des manques et faiblesses de l'être marocain. La relation du voyage sera faite par le secrétaire du caïd, Assaffar, un homme de grande culture. Comme vous, il sera curieux de tout, remarquera «la civilité, la finesse et les bonnes manières caractérisant ce peuple. Généreux et courtois, il manifeste une élégance et une recherche de langage qui témoignent de la délicatesse de ses sentiments». Il notera aussi que «l'architecture de leurs maisons est différente de la nôtre. Ils n'ont guère cette composition qui consiste en une cour, un *sefli* (rez-de-chaussée), et un *fuqî* (premier étage), des chambres et des pièces comme chez nous. Ils aménagent la cour à l'extérieur de la maison… ». Vous n'avez certainement pas eu connaissance de ce texte rédigé en arabe en 1846. Le sultan, en vous recevant, voulait en savoir un peu plus sur cette puissance devenue amie du royaume. Tel a été l'objectif de cette mission diplomatique partie à la découverte de la modernité occidentale.

C'est dans ce contexte politique que vous vous mettez à peindre les différents tableaux concernant Moulay Abd er-Rahman.

Curieusement, celui que je préfère est peut-être le moins abouti, le plus fou ; c'est une esquisse titrée : *Moulay Abd er-Rahman recevant le comte de Mornay*. Vos pinceaux ont été plus rapides que votre œil. Ils ont composé une peinture, où ce qui ressort d'abord, c'est le mouvement. Aucun visage n'est visible. Même le cheval du roi est une sorte d'abstraction. Le ciel a la couleur de la terre et des murailles. Les hommes sont des costumes amples, les têtes sont des turbans mal posés. C'est une peinture qui annonce l'art abstrait. Vous n'en saviez rien. Pourtant, c'est ce qui est intéressant dans cette œuvre, esquisse de toiles beaucoup plus élaborées. C'est Baudelaire qui a le mieux écrit, en 1846, à propos de la toile *Moulay Abd er-Rahman, sultan du Maroc* : « Déploya-t-on jamais en aucun temps une plus grande coquetterie musicale ? […] Ce tableau est si harmonieux, malgré la splendeur des tons, qu'il est gris – gris comme la nature –, gris comme l'atmosphère de l'été, quand le soleil s'étend comme un crépuscule de poussière tremblante sur chaque objet… La composition est excellente ; elle a quelque chose d'inattendu parce qu'elle est vraie et naturelle.» Dans votre *Journal* du 13 janvier 1857, vous semblez lui répondre quand vous parlez du «Gris et couleurs terreuses» : «L'ennemi de toute peinture est le gris. La peinture paraîtra presque toujours plus grise qu'elle n'est par sa position oblique sous le jour. Bannir toutes les couleurs terreuses.»

Pour moi, elle n'est ni «vraie» dans le sens de juste, ni «naturelle» dans le sens correspondant à la réalité qu'elle montre. Justement, ce qui est intéressant dans votre œuvre, c'est que la «vérité» et le «naturel» sont transcendés, sont réinventés, sont de l'autre côté du réel. Vous avez écrit : «le beau, c'est le vrai idéalisé». Votre imagination, puissante et dynamique, vous pousse vers cette folie qui nous introduit au cœur de l'invisible, au fond du secret. Vous n'avez pas l'intention de nous donner un portrait du sultan ressemblant à son image. Cela ne nous intéresse pas. Vous n'êtes pas là pour reproduire les traits d'un visage royal. Vous êtes là pour déchirer cette image : vous le recomposez selon votre désir et votre regard. Il n'y a pas d'harmonie, dans la mesure où une disproportion est manifeste entre votre façon de traiter le roi et son cheval, entre le paysage et les *mokhaznis* qui font la garde royale. Le cheval est peint avec une grande précision (à la limite, on ne voit que ce superbe cheval gris, un pur-sang arabe). Vous vous intéressez plus au costume du roi qu'aux traits de son visage. Seul le ciel a quelque chose de «naturel». Mais l'important, c'est l'ensemble, c'est cette symphonie entre mouvements et couleurs, entre un personnage principal et sa monture, entre les murailles et la foule des soldats, protecteurs du sultan, entre les lances portées par les gardes et le parasol qui ne donne pas d'ombre au roi. Vous avez su ordonner (c'est le mot que vous utilisez) tous ces rapports pour vous éloigner de la réalité, celle dont nous n'avons que faire, mais celle qui vous a guidé jusqu'à obtenir cette composition quasi parfaite, c'est-à-dire irréelle, rêvée, totalement née de votre imagination. Ce qui est remarquable, c'est ce que vous dites dans votre *Journal* : «Je n'ai commencé à faire quelque chose de passable dans mon voyage en Afrique qu'au moment où j'avais assez oublié les petits détails pour ne me rappeler dans mes tableaux que le côté frappant et poétique.»

Lorsque vous faites l'esquisse de *Moulay Abd er-Rahman recevant le comte de Mornay*, vous êtes dans le refus des détails, vous rejetez toutes les précisions. Votre travail d'oubli avait déjà commencé. Donc, votre peinture qui viendra après ne sera ni «vraie» ni «naturelle». Permettez-moi une petite remarque : quand vous parlez du Maroc, il vous arrive d'évoquer l'Afrique. Certes, le pays que vous avez visité se situe en Afrique du Nord, mais il est très différent des pays africains qui commencent vers le sud de son Sahara. Mais ce n'est qu'un détail. Je regardais l'autre jour une toile de Caravaggio, *Le Joueur de luth*; elle faisait partie d'une exposition sur la nature morte. Son rapport au réel est biaisé par son désir de violence, par sa passion de l'ambiguïté. Sa «nature» n'est pas figée, morte; elle est transfigurée et offerte au prisme de la réalité masquée. C'est une façon de nous étonner et de nous surprendre. Rien de tout cela chez vous. Vous mettez en avant la fameuse «naïveté» dont parlait Baudelaire. Vous regardez et ensuite vous redonnez ce qui vient de passer par vos émotions. Vous êtes dans la clarté complexe, à l'écart de la perversité et des sous-entendus. Revenons à Meknès. Cette capitale qui n'est plus capitale est aujourd'hui quelque peu négligée. Elle est proposée aux touristes dans un circuit appelé «Villes impériales». Fès, sa voisine et concurrente, a longtemps souffert d'abandon. (Je ne comprends pas pourquoi vous n'avez pas rendu une petite visite à Fès, faisant partie aujourd'hui du patrimoine de la civilisation universelle ; vous auriez été très impressionné, très séduit par la beauté de la vieille ville, creuset de la haute et belle culture d'un Maroc traditionnel et sûr de son identité.)

À Fès aussi, vous auriez découvert «un ciel changeant, légèrement azuré à la Paul Véronèse». Ce ciel, vous l'auriez vu à partir de belles demeures construites toutes selon le modèle andalou, avec une cour centrale non couverte, entourée de patios et de chambres faisant fonction de salons. Vous auriez admiré le travail du bois des plafonds, les zéliges réguliers, les *haytis* sur les murs. Mais le sultan vous a accaparé et ne vous a pas laissé le temps de lui échapper. Ce sultan nourrissait pour la France une admiration secrète, même si ce pays venait de débarquer en Algérie de la manière la plus condamnable. Il voulait vous charmer, conquérir votre sympa-

thie, vous impressionner par le faste et le luxe de
l'accueil. Lorsque vous avez visité les haras royaux où il
y avait douze mille pur-sang, chevaux et mulets, vous
avez su tout de suite que ces beaux spécimens allaient
figurer dans vos toiles. Vous ne saviez pas comment,
mais vos notes et esquisses témoignent de cette passion.
Le sultan le savait; il vous a offert un cheval. Que faire
de ce cadeau encombrant même s'il est beau et rare?
L'emmener en France? C'était compliqué. Vous l'avez
ramené à Tanger, et là, vous l'avez vendu. Non, ce n'est
pas vous qui avez eu cette idée. C'est à votre insu que le
cheval a été vendu par un des membres de la mission
diplomatique. Vous n'avez pas protesté. On dit même
que cet argent a été le bienvenu puisqu'il vous a permis
de faire des achats avant votre départ de Tanger. Vous
avez acheté des caftans, des éperons, des peaux de
maroquin, des coussins, etc. Des cadeaux pour vos
amis.

Mais au-delà de ces anecdotes, le plus important dans
ce voyage à Meknès a été la découverte d'une foule
différente de celle de Tanger. Vous avez remarqué la
diversité de la population marocaine, sa chaleur partout
la même, ses couleurs étalées dans le costume, qu'il soit
simple et quotidien ou de fête. M. Benchimol vous a fait
visiter le Mellah (quartier réservé aux juifs). Là, il y
avait peu de différence avec la communauté juive de
Tanger, sauf que dans cette ville il n'y a pas de Mellah.
Vous avez pu comparer ce que les paysans de la région
de Meknès venaient vendre au marché de Bab el-Khémis
et ce que les montagnards d'el Fahs vendaient dans le

Jeune Arabe dans son appartement.
Musée du Louvre, Paris.

Grand Socco à Tanger. Vous avez remarqué que, contrairement à Tanger, Meknès est entourée de grandes murailles ocre. Les villes impériales (Fès, Marrakech, Rabat) sont préservées par l'édification de ces murailles qui les entourent comme une ceinture bouclant la ville face aux pirates et envahisseurs. Si, comme vous dites, «la nature n'est qu'un dictionnaire», le Maroc que vous avez connu est un livre ouvert, avec cependant quelques portes qui restent mystérieusement fermées. C'est le propre des sociétés que l'Histoire a travaillées. Votre imagination, toujours en éveil, incandescente, vous a ouvert quelques-unes de ces portes. Simplement parce que votre disposition était totale parce qu'elle relevait de la passion, de cet intérêt sans limite pour tout ce qui s'offre à vos sens.

Baudelaire a raison de rappeler que vous êtes «l'esprit le plus ouvert à toutes les notions et à toutes les impressions, le jouisseur le plus éclectique et le plus impartial». Vous lisez la nature comme vous lisez les livres. Vous la scrutez, la prenez avec fougue parce que vous aimez goûter tous les genres. Vous traduisez la nature, le dictionnaire étant un ami qui vous guide et vous soutient dans votre passion. Traduire est l'acte le plus ambigu qui soit : on devient un passeur, celui qui obéit à la complexité du monde, à la difficulté de combinaisons entre les êtres et les choses. Rien n'est clair, rien n'est simple. Votre travail a toujours été placé sous le signe de cet effort de «traduction» qui vous a permis non seulement de passer d'une apparence à une recréation de ce qui se tient derrière ce qui se montre, mais d'inventer un autre réel, un autre monde fait de couleurs, de lumière et de passion. En regardant les tableaux peints plusieurs années après votre retour du Maroc, on sent que ce travail de traduction a mûri, et surtout est passé par une mémoire créatrice, «fidèle ou égal au rêve qui l'a enfanté». Un artiste est celui qui a le génie de donner au rêve plus de réalité, plus de vie que le souvenir qui le couvre et le maintient en survie. Je dis cela parce que votre rapport au souvenir est étrange : plus vous vous en éloignez dans l'espace, plus vous vous placez à l'autre bout du voyage, plus vous en faites une source de création forcément indépendante du contenu de ce souvenir. (Treize ans s'étaient écoulés entre votre visite du sultan à Meknès et la réalisation du tableau *Moulay Abd er-Rahman, sultan du Maroc*; *Les Bords du fleuve Sebou*, ainsi que *Vue de Tanger prise de la côte*, n'ont été peints qu'en 1858, soit vingt-six ans après vos notes et esquisses.) Votre regard se rappelle un geste, une teinte, une couleur, une lumière. Votre main traduit ce souvenir en le trahissant. Cela ne se sent pas, c'est naturel.

Et vous avez réussi à «illuminer les choses avec [votre] esprit et en projeter le reflet sur les autres esprits». Baudelaire appelle cela le «surnaturalisme», par opposition aux positivistes, ceux qui copient sans imagination. Vous, vous débordez d'imagination et vous ne copiez pas le réel. Pourtant votre âme, votre intériorité saisie par une spiritualité instinctive, non pensée, était vouée à ce que vous appelez «la part sauvage». Vous l'avez dissimulée, mais votre œuvre vous a trahi : vous êtes «un cratère de volcan artistement caché par des bouquets de fleurs» (Baudelaire).

Ces éclats, ces colères sont des traductions abruptes de la nature qui vous a le plus touché, le plus inquiété, le plus ému : le Maroc et ses lumières denses, intenses, changeantes, subtiles, neuves, brutales, cruelles, apaisantes, brisées par le vent ou simplement oubliées sur un flanc de montagne qui vous subjugue et vous fait rêver à l'infini. Cette découverte de la lumière a apporté un supplément de grâce à tout ce que vous alliez entreprendre plus tard. L'impact de cette lumière dure longtemps et habite votre mémoire avec légèreté, mais de manière constante et sans tapage. Cette lumière descend dans vos toiles chaque fois que vous vous mettez à peindre, même si vous vous trouvez dans un autre pays et en un autre temps. Frappé par la lumière comme un enfant qui a été gagné par la faculté d'être différent et en même temps surdoué à jamais, pris dans les mailles d'une brûlure qui échappe à l'explication rationnelle. Vous êtes visité, comme on le dit des saints du Maroc. Ils ont été visités par la lumière de Dieu, et c'est pour cela que les croyants tiennent à «la» visite de ces marabouts perchés parfois en haut d'une colline ou enfouis dans une forêt. La visite est un pèlerinage, une démarche de recours pour se réconcilier avec la vie. Vous avez été désigné par la lumière pour être son émissaire partout où vous peignez. Le Maroc vous a fait «saint de la Lumière» un peu à votre insu, mais vous en êtes conscient et votre modestie vous oblige à le taire, à ne pas en faire état. C'est peut-être une superstition, une précaution car, comme vous le savez, l'incompré-hension du monde est la voix de son intelligence. Le Maroc vous a rendu votre enfance. Il vous a ramené vers ces moments privilégiés où l'être est tout entier voué à la découverte et à l'étonnement. Il a fallu ce voyage, ce dépaysement mouvementé, riche en événe-ments, pour que vous retrouviez les émotions premières, celles qui passent par le cœur et troublent l'âme. Vous avez aussi vite compris qu'il ne fallait pas brusquer ce peuple, ne pas le déranger par l'attitude hautaine ou grossière, que certains militaires de votre pays avaient l'habitude d'afficher. Vous le dites avec vos mots qui sont simples et justes : «Je m'insinue petit à petit dans les façons du pays, de manière à arriver à dessiner à mon aise bien de ces figures de Maures… J'ai des moments de paresse délicieux dans un jardin aux portes de la ville sous des profusions d'orangers en fleur et couverts de fruits, au milieu de cette nature vigoureuse, j'éprouve des sensations pareilles à celles que j'avais dans l'enfance.» Vous ajoutez plus loin dans votre *Journal* que ce pays a été «préservé des alliages turcs et de toutes les vanités qui nous troublent la tête». Vous avez raison de le faire remarquer. Le Maroc a résisté à l'invasion ottomane. Les Turcs se sont installés quatre siècles chez le voisin algérien ; les Français, cent trente-deux ans ! Le Maroc a eu la chance d'échapper aux Turcs. Quant aux Français, ils ne l'ont pas colonisé, mais y furent présents sous la forme d'un protectorat de 1912 à 1956. Les Turcs n'ont pas laissé grand-chose en Algérie et Tunisie de leurs culture et civilisation, juste quelques recettes de cuisine et une sorte de disposition à la violence. Les Algériens ont souffert du fait que leur identité ait été niée durant plus de cinq cents ans. Le Maroc n'a jamais perdu son identité. Il a toujours su préserver son âme, son histoire et ses racines. Je ne sais pas si ce pays est fait pour l'immigration.

Je comprends votre cri du cœur face à tout ce que le Maroc vous offrait : « Si l'on n'avait pas ses amis dans son pays, on laisserait là le Nord et l'on émigrerait volontiers. » Vos compatriotes, pas tous des artistes, ont élu ce pays comme une terre bénie pour y travailler et y vivre. Ils n'ont pas eu votre délicatesse, votre pudeur, et surtout votre sentiment de reconnaissance.

Les Marocains ont gardé des souvenirs mitigés de cette immigration où ils étaient traités avec peu d'égards. Avec les tempêtes qui allaient secouer le monde, les déplacements de populations, les guerres et les incertitudes, le Maroc, ainsi que les autres pays de cette région et même d'Afrique noire, seront appelés à la rescousse de la France. On les fera venir pour les envoyer en première ligne durant la guerre, on les arrachera de leur terre pour les faire travailler dans les mines du Nord, dans les usines et chantiers où manquaient des hommes partis au front. Votre rapport avec le Maroc est d'ordre esthétique, moral et émotionnel. Vous ne vous mêlez pas de politique. Vous regardez le pays et les hommes et vous voulez transmettre à vos compatriotes les images et sentiments que cela fait naître en vous. Votre immense sensibilité n'exclut pas une certaine désolation, car vous n'oubliez pas que derrière la façade de cette nature qui vous séduit, il y a l'homme et sa passion pour le mal, il y a l'homme et sa tendance à s'installer dans la barbarie, dans le désir de destruction, dans la déchirure du ciel et de ses lumières. Il y a chez vous cette amertume qui s'exprime dans des couleurs crépusculaires. C'est à cause de cela que le Maroc, le soleil du Maroc, les chants du Maroc vous ont étourdi, vous ont transporté ailleurs, là où la température du sol et du cœur est toujours positive. Baudelaire, pour lequel vous êtes un des phares de l'art de son siècle, caractérise Rubens de «fleuve d'oubli, jardin de paresse», Léonard de Vinci de «miroir profond et sombre», Rembrandt de «triste hôpital tout rempli de murmures», Goya de «cauchemar plein de choses inconnues», et vous de «lac de sang hanté de mauvais anges,/ Ombragé par un bois de sapins toujours vert,/ Où sous un ciel chagrin, des fanfares étranges/ Passent, comme un soupir étouffé de Weber».

Cette tristesse qui entoure ou qui émane de votre œuvre me paraît étrange, et surtout liée à l'état d'âme du poète qui avait tendance à relever la présence du deuil dans toute chose peinte par vous. Il parle par ailleurs d'un «phare allumé sur mille citadelles». Cet hommage vous lave de tout soupçon de tristesse. Vous êtes si proche de la nature que vous n'hésitez pas à en profiter. Ainsi, sur le chemin de retour vers Tanger, le 8 avril, à Emda, vous écrivez : «Traversé beau et fertile pays, beaucoup de douars et de tentes. Fleurs sans nombre de mille espèces formant les tapis les plus diaprés. Reposé et dormi auprès d'un creux d'eau.» Le portrait que vous avez fait du ministre *Amin Biaz*

Le ministre Amin Bias.
Musée du Louvre, Paris.

exprime un état de méfiance et laisse entendre que l'exécution a été rapide. Peut-être que le ministre en question n'avait pas grande envie de se faire dessiner par vous. Peut-être que vous l'avez pris par surprise, ce qui explique un pied dans une babouche, l'autre nu, le geste de la main gauche et l'autre main agrippée au genou gauche. Le regard du ministre est inquiet. C'est une œuvre remarquable par la vie de l'instant qu'elle a su saisir. On apprend des choses sur cet homme de pouvoir et on se demande quelle était son importance auprès du sultan.

Cet homme, contrairement aux gens simples que vous avez rencontrés, ne devait pas «rendre grâce à Dieu» pour ce qu'il était et ce qu'il possédait.

Finalement, ce sont les gens modestes qui vous attiraient, justement à cause de leur humilité, de leur simplicité. Vous notez : «Certains usages antiques et vulgaires ont de la majesté qui manque chez nous dans les circonstances les plus graves. Le Maure rend grâce à Dieu de sa mauvaise nourriture et de son mauvais manteau. Il se trouve trop heureux encore de les avoir.» Vous dites encore : «Leur ignorance fait leur calme et leur bonheur; nous-mêmes sommes-nous à bout de ce qu'une civilisation plus avancée peut produire ? Ils sont plus près de la nature de mille manières : leurs habits, la forme de leurs souliers. Aussi, la beauté s'unit à tout ce qu'ils font. Nous autres, dans nos corsets, nos souliers étroits, nos gaines ridicules, nous faisons pitié. La grâce se venge de notre science.»

Vous écrivez cela juste avant de quitter Tanger. Ces

impressions nous ont beaucoup touchés. Nous autres Marocains sommes fiers de vous citer, de rappeler l'éloge que vous faites de cette «beauté» qui émane du pays et de ses habitants. Mais je ne vous suis pas quand vous parlez d'ignorance. Analphabètes dans leur majorité, les Marocains que vous avez vus à cette époque étaient fiers de leur culture et d'être héritiers d'une civilisation traditionnelle qui se perpétue depuis des siècles. Il s'agit de l'islam que les Arabes ont introduit dans ce pays. Mais ce n'est pas l'ignorance en soi qui fait d'eux des personnes calmes et heureuses. Cette vision qui se situe dans la pure tradition orientaliste et exotique est simpliste, même si toute votre œuvre témoigne du contraire, c'est-à-dire de cette beauté émanant de la complexité et de l'étrangeté d'un pays si proche et au fond très lointain de la France. Lorsque Gauguin s'en va dans les îles et y trouve son bonheur (et le nôtre), on comprend son étonnement et ses remarques dont certaines frisent le racisme.

Le Maroc du dix-neuvième siècle est encore un pays échappant au juridique objectif et vivant selon les rites et coutumes légués par les ancêtres. La modernité aura beaucoup de mal à y pénétrer et ne s'y installera jamais tout à fait. Elle connaîtra des résistances, notamment dans les structures de parenté et la conception de la société privilégiant la tribu sur l'individu. Le protectorat français sera lui aussi séduit par l'aspect «sauvage», c'est-à-dire proche de la nature. L'islam deviendra une culture, une morale, et même une identité résistant contre cette occupation.

Le pays se développera de manière inégale. La pauvreté due à la sécheresse se traduira par plusieurs vagues d'exode rural. Et les «Maures» dont vous aimiez la disponibilité et la grâce perdront de leur âme et même de leur dignité en émigrant dans les villes.

Vous quittez ce pays, l'esprit et le corps nourris de lumière, de parfums et de beauté. Durant les décennies qui suivront, votre travail s'en ressentira au point que vous avez délibérément décidé de ne pas tout peindre tout de suite. Les premiers six mois, vous n'avez rien peint. L'impact du Maroc était encore assez fort. On dirait que vous ne vouliez pas tourner la page de ce pays, que le voyage dure en vous comme un souvenir qui vous accompagne en ami et qui vieillit avec vous. Cette mémoire marocaine s'est installée dans votre atelier et n'a cessé de vous hanter, de vous poursuivre jusqu'à la vider sur plusieurs toiles et en des moments éloignés les uns des autres. C'est encore Baudelaire qui le dit : «Un voyage au Maroc laissa dans son esprit, à ce qu'il semble, une impression profonde.» De vos notes, esquisses et croquis, vous avez tiré une centaine de tableaux. J'aime particulièrement vos carnets. J'aime vos mots brefs et précis, vos traits, vos dessins appelés à devenir des toiles importantes. Je le dis tout net : je préfère vos carnets à vos toiles ! Non que je n'aime pas votre peinture, au contraire, je lui trouve une puissance

Page suivante :
Album d'Afrique du Nord et d'Espagne.
Musée du Louvre, Paris.

tombeau de saint en
descendant
Creneaux dentelés

exceptionnelle, une beauté magique qui va au-delà du réel et qui me fait voyager comme dans un rêve éveillé. Mais vos carnets ont quelque chose d'imparfait, quelque chose de vivant, une sorte de dynamisme venant de la rapidité du mouvement, de l'apparition fugace des personnages, de la vie enroulée dans le tourbillon du temps. Et pourtant, nous sommes dans un pays où le temps a une durée qui diffère de celle de l'Europe. Ici, le temps n'est pas compté. Mais vous êtes pris d'une frénésie qui voudrait tout capter, tout enregistrer.

Les pages de votre carnet datées du 9, 10 et 11 avril sont fortes et pleines de couleurs et de phrases. Vous avez dessiné les campements à El-Ksar el-Kébir, à Tléta Rissana et à Aïn Dalia. Ce sont des tableaux qui n'ont plus besoin de prendre d'autres dimensions. Vous faites en sorte que la vie ressemble à vos carnets, et ensuite à vos peintures. Vous souhaitez que le Maroc de cette époque ne soit pas totalement perdu avec le temps, qu'il garde son authenticité, c'est-à-dire qu'il persévère dans son être et identité, qu'il reste «sincère, naturel, non affecté» (André Gide), et que son pouvoir d'attraction et de séduction continue à être entier et inattaquable.

Cette authenticité sera mise à rude épreuve par l'arrivée de vos compatriotes en 1912. La résistance sera immédiate et aussi non violente. Le Marocain aime être lui-même, bien ancré dans ses traditions, bien installé

Double page suivante :
Le Kaïd, chef marocain (El-Ksar el-Kébir).
Musée des Beaux-Arts, Nantes.

dans son paysage. Il n'est pas tout à fait africain et pas entièrement arabe. Les Berbères ont été les premiers habitants de ce pays. L'islam a rassemblé et consolidé cette identité. Votre œuvre a pu montrer que l'éternité de cette poésie n'est pas une nostalgie accumulée à d'autres sentiments, qu'elle est bien enracinée dans la terre et l'esprit du pays. Ce Maroc, que vous avez découvert et qui vous aura accompagné jusqu'au dernier jour de votre vie, continue d'exister grâce à vos annotations, à vos esquisses, et bien sûr à travers vos toiles. Ce Maroc ne cesse de voyager, de visiter des lieux intimes, se répandant avec bonheur dans les salons et musées du monde. Mais ce Maroc est sans doute rêvé, pris dans les plis d'une belle et interminable nuit illuminée d'étoiles.

Entre ce pays et vous, une complicité et un attachement solides se sont établis. C'est que vous ne saviez presque rien de cette région qui n'est séparée de l'Europe que de quatorze kilomètres. Vous avez fait du Maroc un dictionnaire intime, un réservoir de couleurs et de sentiments. Ce Maroc jamais achevé, éternel dans son mouvement, dans sa capacité de nous étonner et de nous bouleverser, ce Maroc rêvé est aussi le nôtre, celui qu'on aimerait perpétuer et transmettre à nos enfants, un Maroc enraciné, fier et digne, qui n'a pas besoin de se quitter, de s'expatrier et d'aller mourir sur un banc public une nuit de grand froid.

Je vous parle de ce fait parce que nous avons perdu un grand artiste, un peintre de la démesure, un homme d'une immense sensibilité, une nuit d'hiver à Paris de l'an 1972. Il s'appelait Jalil Gharbaoui. Comme vous, il était venu dans un pays étranger nourrir sa mémoire et son imagination. Il a fait le voyage dans l'autre sens, mais il n'a pas eu de chance. La misère et la solitude l'ont tué. Je pense à lui en vous écrivant, non pas parce que sa peinture rappelle la vôtre, non, Gharbaoui était un peintre de l'abstrait, il griffonnait, hachurait, dessinait des cris, des étouffements, des extases venues d'un pays imaginaire. Il était de la même génération qu'Ahmed Cherkaoui, lui aussi mort très jeune, bêtement, mais qui avait trouvé en France un accueil et des possibilités pour travailler. Ces deux artistes sont ce que le Maroc a produit de mieux depuis que les Marocains font de la peinture.

Le 5 juillet 1832, vous êtes de retour en France. Vous êtes «plein» du Maroc et de sa lumière. Vous êtes un homme changé, en tout cas un artiste comblé. Vous sentez que vous venez de faire plus qu'un voyage, plus qu'une visite à un pays d'Afrique du Nord. Quelque chose en vous s'impatiente, voudrait se dégager de ce qui l'enferme, sortir et s'étaler sur des toiles. Vous n'êtes même pas fatigué par le voyage. Peut-être une fatigue physique. En passant par l'Andalousie, vous avez retrouvé là un peu du Maroc, de ses couleurs, de son architecture.

De Tanger à Paris, il y eut quelques étapes. Une des plus importantes et aussi la plus brève (trois jours seulement) sera celle de l'Algérie, Oran et Alger. Il vous a suffi de très peu de temps pour capter l'essentiel d'une société encore sous le choc de l'occupation française. Plus tard, vous peignez *Femmes d'Alger dans leur appar-*

tement, une toile qui vous rendra célèbre. Elle sera la première pièce que vous exposerez après votre retour du Maroc. Certains ne verront pas beaucoup de différence entre les deux pays. Votre regard a été aguerri. Le tableau est d'une richesse exceptionnelle : classicisme et romantisme sont nourris d'une accumulation de détails qui nous posent une multitude de questions. Ces femmes lascives dont l'une fume le narguilé (héritage turc) sont mélancoliques ; Baudelaire parle à juste titre des «limbes de la tristesse». Elles attendent et s'ennuient. Elles sont cloîtrées et passent du temps à rêver. Vous vous êtes emparé de leurs rêves et vous en avez fait une peinture qui dépasse de loin ce que l'œil voit. Le tableau est plus beau que leur réalité, faite de condition étroite et de résignation apparente. Ces femmes donnent l'impression d'accepter leur sort. En fait, il n'en est rien. Elles ont posé devant l'étranger pour qu'il soit leur témoin, celui qui rapportera leur image vers d'autres pays, celui qui aura ainsi traduit leur silence. Ce n'est ni un harem, ni un bordel. C'est une maison où des femmes jeunes et belles attendent le maître, un homme probablement riche qui croit qu'il est fort et puissant. Cette œuvre, «conçue et exécutée avec l'insolence accoutumée du génie» (Baudelaire), a été préparée et même rendue possible par votre voyage au Maroc. Vous avez illuminé cet espace et donné une beauté supplémentaire à ces femmes dont le corps et l'esprit sont enveloppés d'un voile qui n'est pas présent dans votre tableau mais qu'on devine. Ces femmes auraient pu être marocaines, juives ou musulmanes. L'esclave noire fait partie du paysage familial de la bourgeoisie marocaine, en particulier celle des commerçants qui partaient travailler en Afrique noire et revenaient souvent avec une ou deux esclaves avec lesquelles ils consommaient le « mariage de plaisir », mariage d'occasion exceptionnel qui palliait l'absence de l'épouse légitime et empêchait la fréquentation de prostituées.

Je vous imagine, après avoir terminé cette toile, retiré dans votre « sentiment délicieux de solitude et de tranquillité », ce qui vous procure un bonheur profond. Vous êtes un homme sociable et d'un tempérament nerveux, vous aimez les gens mais vous en avez peur, peur qu'ils vous fatiguent ou vous envahissent. Vous avez remarqué qu'au Maroc, il n'y a point de solitude, point d'espace d'intimité respecté et reconnu. Les gens sont habitués à s'envahir mutuellement. Personne ne s'en plaint. On trouve cela naturel. C'est peut-être pour cela que l'artiste n'a pas pu émerger dans cette société où tout est dédié au clan et à la famille. Je vous parle de cet aspect du Maroc parce que, dans votre *Journal* du 1ᵉʳ juillet 1854, vous faites part de votre désir d'être aimé : « Je prends tous les hommes pour des amis, je vais au-devant de la bienveillance, j'ai le désir de leur plaire, d'être aimé. » C'est peut-être une faiblesse toute humaine. Toute votre vie a été occupée par une seule et unique passion : peindre la passion. La nature et les êtres obéissaient à votre génie. Alors, être aimé ? Oui, je vous comprends, surtout que des critiques, des autorités avaient refusé d'admettre certaines de vos toiles dans des salons de peinture. *Guerriers près d'un tombeau*

(1838) et *Campement au Maroc* ne leur avaient pas plu. Cela vous avait attristé.

Est-ce que les Marocains vous ont aimé ? Votre guide et traducteur, certainement. Les autres, hommes d'autorité, les gardiens, les domestiques vous ont aimé comme on aime un étranger. C'est-à-dire, on est à son service, on l'aide, on lui donne l'hospitalité, puis on n'attend rien en retour. Et vous ? En dehors de ce que vous avez écrit dans votre *Journal,* n'avez-vous pas eu l'idée ou le temps de témoigner à ce pays et à son peuple un sentiment de gratitude en lui offrant une ou deux toiles que vous auriez peintes sur place ? Vous auriez pu peindre un mur ou un patio dans une des maisons où vous étiez. Laisser une trace de votre passage, un signe. Aujourd'hui, on a du mal à montrer votre peinture dans les salons et les quelques rares musées du Maroc. La majorité des Marocains ne sait rien ou presque rien de votre travail et de ce que ce pays vous a donné. Vous n'êtes pas responsable de cet état de fait. Revenons à vous et à votre retour. Vous êtes de retour dans votre pays. Vos carnets sont pleins.

Vos pensées bouillonnent. Vous avez tant de choses à dire, à commenter, à vérifier. Le Maroc vous tient comme une passion qui ne s'éteint pas. Et dire que vous faisiez partie d'une mission diplomatique envoyée au Maroc pour s'assurer de la neutralité de ce pays sur l'occupation de l'Algérie et la nouvelle frontière dessinée par la nouvelle administration coloniale ! On ne sait pas ce que cette mission a fait, mais l'Histoire a retenu qu'un artiste de trente-quatre ans est arrivé un jour de janvier

1832 à Tanger et a circulé dans une partie du Maroc, des crayons et des carnets à la main. À partir de ces éléments naîtra une œuvre magnifique qui a marqué l'histoire de l'art occidental de manière définitive. Vous avez rencontré un pays, des hommes et des chevaux. Vous avez la certitude d'être dans un «monde de légendes et de rêves». Le Maroc que vous avez peint ne peut être que celui que vous avez visité. C'est un Maroc compliqué, qui donne l'impression de se livrer alors qu'il est simplement et sincèrement accueillant. La société marocaine de l'époque ne connaissait presque rien du monde extérieur. L'élite voyageait. Les paysans ne descendaient même pas en ville. Qu'importe la réalité. Votre vérité est sur la toile, elle n'est pas et ne sera jamais une copie de ce qui apparaît d'emblée.

On apprend plus de choses sur vous que sur le pays, sauf si on regarde votre peinture avec l'œil réducteur, celui qui prétend comprendre et expliquer une œuvre d'art, qu'elle soit un tableau ou un pays. En fait, on se rend compte, avec le temps et la distance, que votre voyage au Maroc a été une confirmation d'un Orient que vous portiez en vous et que vous ne soupçonniez pas tout à fait. Le Maroc vous a rendu à vous-même, c'est-à-dire à l'inconscient riche et surprenant de votre être. Peut-être même que cette effervescence créatrice, cette puissance de votre imagination, cette volonté d'aller vers l'inconnu, vers de plus en plus de découvertes, vers des hommes et des femmes qui vous remarquaient à peine, tout cela était mû par ce qui était déjà présent en vous bien avant de faire le voyage en cette terre nord-africaine qui vous a secoué jusqu'à sortir de vous le génie qui n'osait pas toutes les audaces. Déjà dans *La Mort de Sardanapal*, on sait que cet Orient vous habite. Lord Byron vous a inspiré cette toile, mais rien ne vaudra le choc physique de votre sensibilité avec les paysages et les êtres du Maroc, cet Orient si peu oriental, cette différence majeure de civilisation faite de contrastes et d'humilité. Votre regard sera neuf et limpide. Vous découvrez une autre culture et vous ne la jugez point. Au contraire, vous l'admirez et la servez par votre art. Vous évoquiez, à propos de ce pays, «la grâce et la beauté», ainsi que «l'arc-en-ciel de la liberté». Il est évident que la liberté dont vous parlez n'est pas d'ordre politique; elle est intérieure, elle est dans la paix qui émane de ces êtres en accord avec eux-mêmes et avec la nature. Ce que vous appelez liberté, c'est au fond leur humanité.

La mission est placée en quarantaine dans le port de Toulon. C'est une violence qui vous est faite; vous ne la supportez pas car on vous a installé dans «un enclos dénué d'arbres, qui n'avait comme perspective que trois cimetières… un vrai purgatoire», où on vous a traité en prisonnier et en Africain! Vous écrivez aussi qu'il aurait fallu «purger ce bâtiment d'une crasse d'un siècle avec une table de pierre sur laquelle on faisait l'autopsie des trépassés». Ce retour vous a remis dans la réalité. Vous n'étiez plus dans la découverte et la fascination. Vous étiez de nouveau sous un ciel bas et gris.

La lumière de Tanger vous manquait. Mais vous étiez riche au point de vous sentir encombré de souvenirs, d'impressions persistantes, d'images qui allaient et venaient, comme dans un rêve, un long et magnifique rêve que vous avez eu le pouvoir de ramener sur terre et qui allait vous inspirer avec persistance et volupté jusqu'à la fin de vos jours.

Tanger-Paris,
septembre-octobre 2003
Tahar Ben Jelloun

Double page suivante :
Paysage aux environs de Tanger.
Musée du Louvre, Paris.

DU MÊME AUTEUR

Aux Éditions Gallimard

PARTIR, 2006 (Folio n° 4525).

GIACOMETTI, LA RUE D'UN SEUL suivi de VISITE FAN-
TÔME DE L'ATELIER, 2006.

LE DISCOURS DU CHAMEAU, suivi de JÉNINE ET AUTRES
POÈMES, 2007 (Poésie/Gallimard n° 427).

SUR MA MÈRE, 2008 (Folio n° 4923).

AU PAYS, 2009.

MARABOUTS, MAROC, 2009, avec des photographies d'Antonio
Cores, Beatriz del Rio, et des dessins de Claudio Bravo.

LETTRE À DELACROIX, 2010 (Folio n° 5086), précédemment paru
en 2005 dans *Delacroix au Maroc*, aux Éditions FMR.

Aux Éditions Denoël

HARROUDA, 1973 (Folio n° 1981 ; avec des illustrations de Baudouin,
Bibliothèque Futuropolis, 1991).

LA RÉCLUSION SOLITAIRE, 1976 (Points-Seuil).

Aux Éditions du Seuil

LA PLUS HAUTE DES SOLITUDES, 1977 (Points-Seuil).

MOHA LE FOU, MOHA LE SAGE, 1978 (Points-Seuil). Prix des
Bibliothécaires de France, Prix Radio-Monte-Carlo, 1979.

LA PRIÈRE DE L'ABSENT, 1981 (Points-Seuil).

L'ÉCRIVAIN PUBLIC, 1983 (Points-Seuil).

HOSPITALITÉ FRANÇAISE, 1984, nouvelle édition en 1997 (Points-Seuil).

L'ENFANT DU SABLE, 1985 (Points-Seuil).

LA NUIT SACRÉE, 1987 (Points-Seuil). Prix Goncourt.

JOUR DE SILENCE À TANGER, 1990 (Points-Seuil).

LES YEUX BAISSÉS, 1991 (Points-Seuil).

LA REMONTÉE DES CENDRES, suivi de NON IDENTIFIÉS, édition bilingue, version arabe de Kadhim Jihad, 1991 (Points-Seuil).

L'ANGE AVEUGLE, 1992 (Points-Seuil).

L'HOMME ROMPU, 1994 (Points-Seuil).

ÉLOGE DE L'AMITIÉ, Arléa, 1994 ; réédition sous le titre ÉLOGE DE L'AMITIÉ, OMBRES DE LA TRAHISON (Points-Seuil).

POÉSIE COMPLÈTE, 1995.

LE PREMIER AMOUR EST TOUJOURS LE DERNIER, 1995 (Points-Seuil).

LA NUIT DE L'ERREUR, 1997 (Points-Seuil).

LE RACISME EXPLIQUÉ À MA FILLE, 1998 ; nouvelle édition, 2009.

L'AUBERGE DES PAUVRES, 1999 (Points-Seuil).

CETTE AVEUGLANTE ABSENCE DE LUMIÈRE, 2001 (Points-Seuil). Prix Impac 2004.

L'ISLAM EXPLIQUÉ AUX ENFANTS, 2002.

AMOURS SORCIÈRES, 2003 (Points-Seuil).

LE DERNIER AMI, 2004 (Points-Seuil).

LES PIERRES DU TEMPS ET AUTRES POÈMES, 2007 (Points-Seuil).

Chez d'autres éditeurs

LES AMANDIERS SONT MORTS DE LEURS BLESSURES,
Maspero, 1976 (Points-Seuil). Prix de l'Amitié franco-arabe, 1976.

LA MÉMOIRE FUTURE, anthologie de la nouvelle poésie du Maroc,
Maspero, 1976.

À L'INSU DU SOUVENIR, Maspero, 1980.

LA FIANCÉE DE L'EAU, suivi de ENTRETIENS AVEC
M. SAÏD HAMMADI, OUVRIER ALGÉRIEN, Actes Sud, 1984.

ALBERTO GIACOMETTI, Flohic, 1991.

LA SOUDURE FRATERNELLE, Arléa, 1994.

LES RAISINS DE LA GALÈRE, Fayard, 1996.

LABYRINTHE DES SENTIMENTS, Stock, 1999 (Points-Seuil).

Composition Dominique Guillaumin
Impression Clerc
à Saint Amand Montrond, le 3 juin 2010
Dépôt légal : juin 2010
1ᵉʳ Dépôt légal dans
la collection : mai 2010
Numéro d'imprimeur : 10132
ISBN : 978-2-07-042067-4./Imprimé en France